# かわいすぎてこまる

黒崎あつし

幻冬舎ルチル文庫

CONTENTS ✦目次✦

かわいすぎてこまる

✦イラスト・夏珂


かわいすぎてこまる……3

あいしすぎてこまる……239

あとがき……254



✦カバーデザイン=清水香苗(CoCo.Design)

✦ブックデザイン=まるか工房

# かわいすぎてこまる

## 1

シェイカーに材料を量り入れる作業の手をふと止め、バーテンダースタイルの智士《さとし》が軽く目を眇《すが》めて不機嫌そうに店内の様子を眺めている。

「どうした？」

カウンターに座り、カクテルができるのを待っていた名取和真《なとりかずま》は、そんな彼に声をかけた。

「前に悪質なビギナー喰《ぐ》いがいるって話をしたよね？　そいつが来てるんだ」

「ああ、あれか……」

ここ、『ジョバンニ』は、和真の大学時代からの友人である智士が雇われマスターをしている、若い世代に人気のゲイバーだ。

立ち飲みスタイルにも適応している背の高い丸テーブルと、背もたれの低い小ぶりな椅子《いす》が並ぶ店内はとても開放的で、通りすがりにテーブル席の客に立ち話をしてちょっかいを出したり、隣のテーブルの客とうち解け合って話をしたりしやすい雰囲気になっている。

ゲイタウンの入り口近くにあることもあって、自分の性的指向に気づいたばかりのビギナーが仲間や出会いを求めてやってくることも多く、出会いの場としても有名だ。

だが困ったことに、こうした出会いの場には、純粋な出会いを望む者だけではなく、よからぬ欲望を胸に抱《いだ》いた者もやってくるものだ。

智士が見つけた問題の男は、よからぬ欲望を抱き、世間知らずの若者で遊んでやろうとしている者のひとりだった。

流行《はや》りのイケメンに顎髭《あごひげ》、マッチョな身体《からだ》を売りに、初心《うぶ》な若い子を引っかけては言葉巧みにホテルに連れ込み、自分が楽しんだ後で、その部屋に複数の仲間を呼び入れるという最悪な真似《まね》を何度かやっている……らしい。

らしい、としか言えないのは、世間体の問題などもあって被害者達がみな泣き寝入りをして、事態が表沙汰《おもてざた》になっていないせいだ。

警察沙汰とまではいかなくとも、これが表だったトラブルとして周知されていれば店側としても堂々と出入り禁止を言い渡せるが、噂《うわさ》のみで証拠がない以上それもできず、対処に困っていると少し前に智士から愚痴を聞いていた。

その話を聞いたときは、同じ目的で店を使われている店主同士で相談し合って、ちょいと罠《わな》を仕掛けて悪さをしている証拠をゲットし、二度とこんな真似ができないよう痛い目を見せて脅してやる予定だと言っていたが、どうやらまだ実行には至ってなかったらしい。

「で、どうするつもりだ？　なんだったら、俺も手を貸すけど？」

その手の悪行が大嫌いな和真は自分からそう申し出た。

「ありがとう。でも大丈夫だよ。フロアにはいつも用心棒代わりに腕っ節の強い奴をおいてるから」

とはいえ、店内で騒ぎを起こすのは御法度だから、問題の男が被害者を連れて外に出た後に偶然を装ってなんらかのトラブルを起こし、どさくさに紛れて被害者を奪取するという非常にまわりくどい手段を取る方針なのだとか。

「前に一度、この手でなんとかなったんだけど……。うちの子達だけじゃ手が足りなそうだったら、そのときはよろしく」

智士は出来上がったばかりのカクテルをグラスに注ぐと、和真の前へと滑らせた。

任せとけと頷《うなず》いた和真は、グラスを取り口をつける。

と同時に、ん？　と、すっきりとした形のいい眉《まゆ》を思いっきりしかめた。

「なんだ、砂糖かよ」

和真が口をつけたカクテルは、グラスの縁に、まるで雪が凍りついたかのように塩や砂糖をまぶしつけた、いわゆるスノースタイルと呼ばれるカクテルの一種だ。

グラスの縁についている白い粉を頭っから塩だと思い込んだままで口をつけたものだから、予想とは正反対の味に口の中が奇妙な感じになった。

「そうだよ。キッス・オブ・ファイアっていうカクテルなんだ。ちゃんと美味《おい》しいから飲んでみなよ」

メニューを見るのが面倒な和真は、いつも適当に作ってくれと智士に注文している。

選択の権利を自分から放棄した以上、文句を言う権利はないかと渋々一口飲んでみた。レモンジュースを染み込ませてある砂糖は甘酸っぱく、ウオッカメインでシェイクしてある綺麗《きれい》なルビー色のカクテルはほんのり甘口で、アルコール度数がかなり高い。

（なるほど、炎のキスね）

趣向はわかるものの、その手の熱烈なキスにはとんと縁のない和真からすると、ちょっとした皮肉にも感じられてしまう。

「……ん。悪くはないな」

「だろう？」

智士は得意気に唇の端を上げたが、やはり店内が気になるようでチラチラと視線を浮かせている。

「店内じゃ手を出さない方針なんだろ？　ほっとけよ」

「いや、それが、なんか雲行きが怪しくて……」

どれ？　と和真は振り向きかけたが、慌てて手を伸ばしてきた智士に手の平で頰《ほお》を押さえられて止められた。

「おまえが振り向いたら、マスターの僕が気づいてるってことがばれるだろう。一応店内では見てみぬふりする方針なんだから協力してよ」

「はいはい、わかったよ。で、どういう状況なんだ？」

「いや、それが……普段は僕同様、気づかないふりしてる常連客達が、あの男にロックオンされたターゲットを助けようとして、ちょっかい出してるみたいなんだよね」

「へえ、珍しいな」

ゲイバーという場所柄もあって、ここの常連客達はトラブルを好まない。下手《へた》に騒ぎになり警察沙汰になってしまったら、ゲイである自分の性的指向が世間にばれてしまう危険があるからだ。

問題の男の悪事が警察沙汰になるレベルのものであるだけに、なおさら今までは素知らぬふりを続けていたようなのだが……。

「あのターゲットが未成年っぽいからかな」

「未成年って……。騒ぎになったら、立場上おまえがやばくなるんじゃねぇの？」

「だよねぇ。――しょうがない。やっぱり和真に頼むしかないか」

「店内で手を出していいのか？」

「それは駄目」

じゃあ、どうしろって言うんだ？　と和真が問うと、流し目のひとつでもくれてやれば？と智士が答える。

「なんだ、それ」

「だからね。ターゲットをあそこからこっちにひょいっと引っこ抜けば、自然に騒ぎも収まるだろう？　あの手のビギナーは和真みたいな美形に弱いから、声をかければ一発でこっちに寄ってくるんじゃないかな」

「……美形ねぇ」

自惚《うぬぼ》れでもなんでもなく、それが事実だってことを和真は知っている。

長めの茶髪に色気のある切れ長の紅茶色の目、日本人離れした長身と彫りの深い端整な顔立ちのお蔭《かげ》で、学生時代はモデルとして海外のステージを歩いたこともあるほどだ。

とはいえ、和真自身は自らのこの外見を好ましいものだとは感じていない。

外見の派手さとは裏腹に堅実な生活を好むタイプだったこともあり、モデル業は大学を卒業した翌年には廃業し、稼いだ金を元手に小さなパン屋を開業して、二十七歳になった今では地道で堅実な暮らしを手に入れている。

「寄ってこさせるのはいいが、まとわりつかれたら困るな」

「そのときは僕がなんとかしてやるよ。いいから、ほら」

やれ、と促されて、和真はとりあえず振り向いて、トラブルの中心になっているターゲットを見てみることにした。

（げっ。……なんだよ。そういうことか）

ひとめ見て、和真は状況を理解した。

いつもは見て見ぬふりをしている常連客達が、なぜターゲットを助けようとしてちょっかいをかけているのかという、その理由を……。

騒ぎの中心で困惑しているターゲット、大久保菜人《おおくぼさいと》が妙に可愛《かわい》らしいせいだ。

短めの艶々《つやつや》した癖毛の黒髪に、くるっと大きな黒目がちの目、顔立ちだけ見れば十人並み程度のレベルだが、頭が小さく小柄なせいかトータルで見るとちんまりしてて実に可愛い。

じっとしてても可愛いのに、これが動き出すとちょろちょろとやたら元気で、その仕草がこれまた滅法可愛らしい。

無邪気な小型犬っぽいというか、いわゆる小動物系の愛嬌《あいきょう》のある可愛らしさで、その手のちんまりした生き物が好きな者にとっては、非常にたまらないタイプなのだ。

（さすがに、あれはほうっとけないか）

みすみす悪党の手に渡して汚してしまいたくない。

そう思う常連客達の気持ちが、和真にもよく理解できる。

だから、迷わず菜人に声をかけた。

「おい、バイト！」

呼びかける和真の声に、菜人は椅子《いす》の上でぴょこんと垂直に跳ねた。

今の声、どこから？　と言わんばかりに慌ててきょろきょろ辺りを見回し、和真の姿を認めると、「わあ、店長だ！」と、明るく嬉《うれ》しそうな笑顔を見せる。

「こっち来い」

くいっと指先で呼ぶと、まるで紐《ひも》でもついているかのように、ぴょこっと立ち上がった。

「え、あ、おい」

菜人にちょっかいを出そうとしていた問題の男が引き止めようと声をかけていたが、和真の姿を認めて浮かれまくっている菜人の耳には届かなかったようだ。

無邪気な笑みを浮かべたまま、まっすぐこっちに歩み寄ってくる。

菜人が騒ぎの中心から抜けたことで、店内に漂っていた妙な緊張感がふっと解けた。

マスターの友人である和真はこの店ではそれなりに有名人だから、菜人を助けてやろうとしてくれていた常連客達は、これでもう安心だと一様にほっとした顔をしている。

それに手を上げて軽く挨拶《あいさつ》してから、和真は歩み寄ってきた菜人を見た。

「ひとりで来たのか？」

「こういうところに来るのはじめてでなんで友達に案内してもらってきたんです。けど、なんか知り合いがいたとかで早々に出てっちゃって、俺ひとりで取り残されちゃったんです」

「和真、その子知り合いだったんだ？」

「そ、うちのバイト。――バイト、こいつは俺の友人でここのマスターの智士だ」

「もう、バイトじゃなくてサイトですってば！　――菜人です、よろしくお願いします」

ぺこっときちんと頭を下げる菜人を見て、智士はちょっと愉快そうに微笑《ほほえ》んだ。

「礼儀正しい子は大好きだ。今日はこいつの奢《おご》りにしてあげるから、好きなだけ飲んでいってね」

「なんで俺が……」

指差された和真は思わず眉をひそめたが、奢ってくれるのかな？　と期待に満ちた目で、こっちを見つめる菜人のきらきらした視線に観念して肩を竦《すく》めた。

「あーもう、わかったよ。一週間遅れで二十歳の誕生日祝いをしてやる」

「やった！　ありがとうございます。——店長はお友達の店だからってだけで、ここに来てるんじゃないですよね？」

隣の椅子に腰かけた菜人は、なおもきらきらと期待に満ちた目で見つめてくる。

「……ああ、俺もゲイだ」

和真は観念して認めた。

「わあ、やっぱりそうなんだ。俺、店長が仲間だって全然気づかなかったです」

なんか嬉しいな、と浮き浮きと嬉しそうなその顔を見ていられなくて、「俺は気づいてたよ」と呟《つぶや》きながら、すいっと視線をそらす。

そう、和真の経営するパン屋にバイトの面接で来た菜人と顔を合わせた瞬間、菜人がこっち側の人間だろうってことはすでに予測がついていた。

（さすがに、あんなに露骨な一目惚《ぼ》れははじめてだったからな）

和真の顔をはじめて見たとき、菜人は大きな目をこぼれ落ちんばかりに見開き、ぽかんと口を開けて、スイッチが切れた玩具のようにぴたっと硬直してしまったのだ。

しかたなく、どうした？　と声をかけるとすぐにスイッチが入ったが、胸元から上が真っ赤で汗をかくわ口ごもるわ、その後の面接はそりゃもう惨憺《さんたん》たる有り様だった。

和真が求めていたのは、店内での販売を全面的に任せられるバイトだった。

常識から考えて、このときの菜人はどう贔屓《ひいき》目に見ても販売に向いているようには見えなかったし、一目惚れされた相手と一緒に働くのはまずいとも思ったから、バイトは断るしかないなと思った。

だが、絶対にここで働きたい！　と強く訴えてくる、あのきらきらした大きな黒目がちの目と視線が合った瞬間、和真はついうっかり思っていたのとは真逆の返事をしていた。

（あの目がやばいんだよ）

あのきらきらした大きな目で見つめられると、なんでも望みをかなえてやりたくなってしまう。

和真もゲイだとばれてしまったことで、菜人の片思いは更に進行するに違いない。

その勢いのまま告白されるようなことになったらと考えて、和真は密《ひそ》かにぞわっと鳥肌を立てた。

（……きっと泣かれる）

あの大きな目から涙がボロボロ零《こぼ》れるのを想像したら、またぞわっと鳥肌が立った。

だが、泣かれるのがどんなに嫌でも、告白には応じられない。

こっちには、応じたくても応じられない、どうにもならない訳があるのだ。

泣かせたくなどないから、菜人の片思いをこれ以上こじらせたくはないのだが……。

「よかった。あいつ帰ったよ。——さすがに和真が相手じゃ、菜人くんを取り戻すのは無理だって諦《あきら》めたんだろうね」

店のドアのほうに視線を向けたままで智士がほっとしたように言った。

「あいつって誰ですか？」

「さっき、菜人くんにちょっかい出してた顎髭の男だよ」

訳がわからずきょとんとしている菜人に、智士が事情を説明してやる。

「……え、じゃあ、俺、もしかしなくてもすっごいピンチだったんですね。……そっか、店長、俺を助けてくれたんだ。なんか、凄《すご》く嬉しい」

ありがとうございます！　と、菜人が感動したようなきらきらした視線を和真へ向ける。

（ああもう、こっち見るな）

まるで正義のヒーローに祭り上げられてしまったようで、たいそう居心地が悪い。

「俺はなんもしてねぇよ。ただ、おまえに声をかけただけだろうが……。——ったく、そんなことより、さっさと智士になんか頼め」

「珍しい、和真ったら照れてるよ」

耐えきれなくなって邪険に菜人をあしらう和真を見て、智士がおかしそうに笑う。

「で、菜人くん、なに飲む？」

「俺、こういうとこ来るのはじめてでよくわかんないんです。さっきまではビール飲んでたんですけど……。——店長が飲んでるようなカクテルにはちょっと興味あるかな？」

「じゃあ、飲んでみるか？」

ほら、とグラスを目の前に滑らせると、菜人は嬉々《きき》としてグラスに口をつけた。

「わあ、甘酸っぱくて美味しい」

にこっと嬉しそうに笑う菜人に、「でしょう？」と、可愛いなと言わんばかりに智士が目元を和《やわ》らげる。

「キッス・オブ・ファイアっていうカクテルだよ」

「キッス……って、なんか意味深な名前ですね。……あっ！　っていうか、これって店長と間接キスしたってことになるんじゃないですか？」

きらきらと嬉しそうな目で見つめられた和真は、「ベタなこと言ってんじゃねぇよ。よく見ろ！」とグラスの縁をびしっと指差した。

「俺はこっちから飲んだんだ。おまえとは反対側だ。一切接触はしてないからな。妙な言いがかりをつけるな」

縁についた砂糖の減り具合で、ふたりの飲み口が違うのは一目瞭然《りょうぜん》。

それを指摘すると、菜人はそうっとグラスを回して、姑息《こそく》にも和真が口をつけたところを正面に持ってこようとする。

「駄目！　味見終了。――智士、こいつに同じの作ってやってくれ」

和真が慌ててグラスを没収すると、「店長のケチ」と菜人が不満そうに唇を尖《とが》らせる。

ちんまり小柄なせいもあって、困ったことに拗《す》ねる様子も滅茶苦茶《めちゃくちゃ》可愛い。

（駄目だこいつ……。俺がゲイだって知って、積極的になってやがる）

菜人がうじうじぐずぐずとじっくり片思いし続けるようなタイプじゃなさそうだってことは、日々一緒に働いているうちになんとなくわかってきていた。

今までは、こっちをノンケだと思っていたせいもあって表だってアプローチしてくることはなかったが、これからはきっとそうはいかない。

がんがん押してくるに違いない。

和真は、またぞわっと鳥肌を立てた。

（……まずったな）

こんな場所で会ってしまったことを心の底から後悔したが、かといって、さっき声をかけてあの男から助けたことを後悔する気にはなれない。

さっきの男に連れ去られていたら、このきらきらした目の輝きが失《う》せてしまうことにもなりかねなかった。

そんな最悪の事態だけは、なにをおいても避けなければならないのだから。

「サイトって、ちょっと変わった名前だね。どんな字を書くの？」

カクテルを作りながら、智士が聞いた。

「菜っ葉の菜に、人で、菜人です。名前に『菜』の字を入れると一生食いっぱぐれないっていうのが、うちの爺《じい》ちゃんの持論なんで」

母親が菜摘《なつみ》で、姉は杏菜《あんな》だと、菜人はなぜか得意気に言った。

「うち、食い物屋だから、基本的に食べ物に不自由することってないんですけどね」

「なにを扱ってるの？」

「洋食です。ビーフシチューとオムライスがお勧めメニュー。おおくぼ亭っていうんですけど、知りませんか？」

「おおくぼ亭!?　それなら知ってるよ。確か、学生時代に和真と一緒に何度か行ったことがあるから」

間違いないよねと智士に問われて、和真は頷いた。

菜人の実家であるおおくぼ亭は、昭和初期に開店した洋食屋で、雑誌などに取材されることも多い有名な老舗《しにせ》なのだ。

「じゃあ、菜人くん跡継ぎなの？」

「いいえ。うちは代々、腕のいい料理人を長女が婿《むこ》養子としてゲットして店を継いでるんです。

姉がすでに父の一番弟子と結婚済みなんで、自由にしていいって言われてます」

俺は普通に結婚とかできないから、跡を継がなくてよくて密かにほっとしてます、と菜人が明るく笑う。

だからと言って、もちろん家業と無縁に育ってきたわけじゃなく、中学生の頃から時間があるときは店に出て働いているのだと聞いている。

ただし、それは家のお手伝い感覚で、バイト代は一切出ない。

そのせいもあって菜人は、お小遣い稼ぎの為に和真の店にバイトに来ているのだ。

ちなみに現在、菜人は家を継がないまでも食べ物屋に携わる仕事がしたいからと言って、調理師等の資格を取るべく専門学校に通っている。

その学校が終わった後で和真の店でバイトしてくれているのだが、小さい頃から食べ物屋の手伝いをしてきただけあって客あしらいはうまいし、衛生観念もしっかりしている。

困った片思いさえしていなければ、いつまでも働いて欲しいと思うぐらいなのだが……。

「店長とマスターって、どういうお友達なんですか？」

唐突な菜人の質問に、和真は首を傾《かし》げた。

「どういうって？」

「俺をここに案内してくれた友達には、ここで会える『やり友』がいっぱいいるらしいんですけど、もしかしてそういうお友達だったりします？」

ズバッと、ためらいもなく聞かれた和真は、「違う！」と思わず強く否定していた。

「友達は友達だ。俺はそういう遊びはしない」

「そうなんだ。よかった。俺もそうなんです。遊びとかって気乗りしなくて……」

「ちなみに僕もそうだよ。そのせいで大学の四年間を棒にふったぐらいで……。——はい、どうぞ」

「ありがとうございます。——四年間って、どうしてですか？」

目の前におかれたカクテルグラスに手を伸ばしつつ、菜人が聞く。

「それはね、こいつにずっと片思いをしていたからだよ」

「え、マスターみたいな美人さんでも店長を落とせなかったんですか？」

「うん、駄目だった。遊びでもいいって言ったのに、断られちゃったよ。どうもモデル仲間のほうに本命がいたみたいでね」

「モデル‼　店長、モデルもやってたんですか⁉」

凄いなぁと、菜人がきらきらと憧《あこが》れを含んだ目で見つめてくる。

たまらず和真は視線をそらした。

「学費と生活費を稼ぐ為に、実入りがいいからやってただけだ。俺は本来、ああいう派手な商売は苦手だ」

そもそも、自分の派手な外見が好きじゃない。

和真は、両親に似ていない子供だった。

母親の子なのは間違いのない事実だが、母方にはもちろん、父方にも和真のような派手な外見をした者はいない。

そのせいもあってか、和真が母親の浮気でできた子だというのは、親戚《しんせき》内では公然の秘密であり、和真も幼い頃から自分が家族内の異物だということを自覚していた。

妻に惚れていたのか、それとも世間体の為か、父親はＤＮＡ鑑定等で和真との親子関係を確かめるような真似はしなかった。

それでも、やはりなんらかの屈託はあるのか、和真に対する態度は二歳年上の兄とは明らかに違っている。母親も、自らの過ちの結果を直視する強さはなかったようで、和真にだけはよそよそしい態度を取り続けていた。

不毛な親子関係にうんざりしていた和真は、大学を卒業したら実家とは縁を切るつもりでいたのだ。

だが、タイミング悪く、大学入学直後にゲイだということがばれてあっさり絶縁。

その結果、学費と生活費が足りなくなり、手っ取り早く金を稼げるという理由でモデル業に足を踏み入れたのだ。

金を稼ぐ為と割り切っていたからカメラの前で微笑むことに抵抗はなかったが、出来上がった写真やフィルムをあまり見たいとは思わなかった。

そのせいもあって、当時撮った写真の類《たぐい》は、手元には一枚も残っていない。

「ふうん。店長って、見た目と違って、案外地味好みなんですね」

「おまえは見た目通りだよな」

子犬のように好奇心旺盛《おうせい》で怖いもの知らずで、興味を引かれたら、後先考えずに無理矢理にでも鼻面を突っ込んでくる。

厄介《やっかい》で迷惑だが、そういうところがまた可愛いのも事実で……。

菜人はカクテルをくいっと勢いよく飲み干すと、居住まいを正して和真をまっすぐ見た。

「それで店長、その本命とは今も続いてるんですか？」

「続いてない！　っていうか、本命なんかそもそもずっといない。俺は大学時代からずっとフリーなんだ。――バイト先に本命がいただなんて、全部こいつの妄想だ」

そう言って智士を指差したが、菜人と智士は和真を冷ややかな目で見て、異口同音に「嘘《うそ》ばっかり」と言う。

「店長みたいな男前が、ずっとフリーでいられるわけないです」

「だよね？　なんでそう、いつもとぼけるのかな」

智士ほどの美人が遊びでもいいと迫っても落ちなかった以上、大切な本命が他にいるはずだというのがふたりの意見だ。

そうでなければ、美形故に引く手あまたの誘惑を拒めるわけがないと……。

「相手方がゲイだとばれるとまずい人だとか？」

「妻帯者と不倫とか、芸能人とか？」

「政治家や大学関係者みたいな、スキャンダル厳禁な職業の人ってケースもあるんじゃないですか？」

「ああ、それは考えたことがなかったな」

変なところで意気投合して、ああでもないこうでもないとやりはじめたふたりを眺めながら、和真は勝手にしろと溜《た》め息をつく。

（嘘じゃないってのに）

バイト先のモデル仲間にも和真に熱を上げる者が男女問わず何人かいて、遊びでもつき合うつもりはないと和真が断ると、やはり大学に本命がいるに違いないと勘ぐられた。

大学でいつも一緒に行動していた智士が、細身の長身でそれなりの美形だったこともあって、モデル業界のほうでは智士こそが和真の本命だと思われていたぐらいだ。

恋人なんかいないのだと言い張っても、どうしたわけか誰も信じちゃくれない。

傷つけたいわけじゃないのに、勝手に和真の恋人像を想像しては、自分じゃ駄目なんだと打ちのめされ、勝手に諦めて去っていく。

友達として側に残ってくれたのは、智士ぐらいのものだ。

（本当に諦めてたのは、こっちだってーの）

和真だって恋人は欲しい。

独り寝が寂《さび》しい夜だってあるし、この先一生パートナーを得られないままひとりで生きる人生を想像して、軽く絶望することだってある。

真剣に求愛されて、心が揺れることだってあったのだ。

それでも、どうしても手を差し伸べることはできなかった。

恋人としての自分がポンコツであることを、和真自身が知っているからだ。

自分をポンコツだと言い切れるその理由。

和真は、いわゆるEDだった。

（セックスできないいんじゃ、恋人としては失格だろ）

その原因が精神面にあるってこともわかっている。

自分でする分には問題なく機能するのに、いざ生身の相手を目の前にするとまったくと言っていいほど機能しない。

プラトニックな関係でもいいと言ってくれる相手も捜せばきっといるだろう。

だが、一番の問題は、和真自身が本心からプラトニックな関係を望んでいるわけではないということにあった。

肉体的な面で恋人を満足させられないことへの不満と不安と劣等感で、自分で自分を傷つけ、ひとり追い詰められていく苦しさを和真はすでに知っている。

そんな苦しさから恋人との関係がぎこちないものになり、一緒にいることがいずれは苦痛にさえなってしまうことも……。

そのせいもあって、恋愛関係からは一切手を引いていたのだ。

真剣に求愛してくれた相手を断る際、恥を忍んで何度かEDであることを正直に話してみたこともあったが、どうしたわけか誰も信じてはくれなかった。

嘘をつくならもっとマシな嘘をついてくれと怒られたり、そんな嘘をつかなきゃいけないぐらい自分が嫌われていたのかと勝手に傷つかれたりと散々な目に遭ってきたし、同じだけの痛みをその相手にも与えてきた。

（なんで信じてくれないんだか）

美形の男には恋人がいて当然で、EDなんてみっともない病気になるわけがない。

そんな先入観に、和真のたいそうみっともない真実は、誰にも受け入れられることなく宙ぶらりんのままだ。

（ポンコツじゃなかったら、迷わず手を伸ばすのにな）

なにやら夢中になって智士と話し続けている菜人の横顔を、和真はカクテルを舐《な》めつつ眺めた。

一途な恋心を映すきらきらした大きな黒目がちの目に、いつも楽しそうに微笑んでいるふっくらした唇。

仕事中のその表情から、働くことを純粋に楽しんでいるのがよくわかる、くるくると惜しみなく動いてくれる見た目も性格も可愛いバイト。

その可愛い姿を日々見せられる和真だって、決して心穏やかではいられないのだ。

一目惚れした際のあの赤面っぷりや、働きはじめたばかりの頃のぎこちなさから、菜人が恋愛面ではまだまだ初心だってこともわかっている。

その初心さもまた好ましい。

――バイトじゃなくてサイトです！

名前で呼んで欲しいと仕事中に何度か言われたが、和真は決して菜人を名前では呼ばなかった。

あくまでもバイトと店長という枠組みの中に、自分自身を押し込めておく為の戒めとして……。

名前で呼んだりしたら、きっと我慢ができなくなる。

本当は、きらきらしたあの目を真正面から覗《のぞ》き込んでみたいのだ。

一途な想いを受け入れて、心から喜ばせてあげたいとも思う。

だが和真はポンコツだ。

だから駄目だ。

これ以上傷つきたくはないし、傷つけたくもない。

受け入れることはできないが、手放したくないとも思う。

菜人の片思いがこじれて、変に思い詰めたりしないでくれることを祈るばかりだ。

(求愛されても受け入れられないからな)

大学時代、智士が片思いをこじらせていたときも、似たようなことばかり祈っていたような気がする。

受け入れることはできない癖に、ひとりにはなりたくないから、こちらから強く拒絶することもできなくて……。

(俺は最低だ)

和真は、いつの間にか智士が作ってくれていたカクテルを口元に運びながら、ひっそりと自嘲《じちょう》気味に苦笑した。


和真の恋人像で盛り上がっていた菜人と智士だったが、その話題は徐々にモデル時代の和真の話へと移行していった。

ファッションショーでランウェイを歩く和真がどんなに素敵だったかを、仕事そっちのけで智士が熱く語り、それを菜人がきらきらした目をして楽しげに聞いている。

「いいなぁ。俺も見たかったな」

「雑誌の切り抜きや写真ならあるけど……見る?」

「見る！」

菜人が強く頷くと、智士はすかさずカウンターの下から一冊のファイルを取り出した。

「ちょっ、なんでそんなものがここにあるんだよ」

「うちの子達がモデル時代の和真の姿を見たいって言ったから、ちょうど家から持ち出してきたところだったんだよね」

「……ってか、そんなもの後生大事に取っておくなよ」

「うるさいな。人の青春の美しい思い出にケチつけないでくれる？」

ファイルは、見せて見せてとはしゃぐ菜人の手に渡り、和真は側で繰り広げられるふたりのはしゃいだやり取りに頭を抱えていた。

「どうでもいいが、あんまりバイトに飲ませないほうがいいんじゃないか？」

練習台を兼ねているのか、菜人のグラスが空になる度、智士があれこれ変わったカクテルを作って次々に与えている。

見ていて心配になった和真は、調子に乗って飲み過ぎるなと菜人にも忠告してみたのだが、

「俺、酒強いから平気です。美味しいし」と聞いちゃいない。

（強いように見えないから言ってるんだがな）

写真を見て興奮しているせいもあるのかもしれないが、菜人の首筋から耳にかけて、夏の日焼けがうっすら残っている肌が見てわかるほどに赤くなっている。

ちょっと心配だったが、本人が大丈夫だと言うからにはそれ以上強くも言えない。

だが、与えられるままにカパカパとカクテルを飲み続けていた菜人は、最終的にやっぱり潰《つぶ》れてしまった。

「ほらな、だから言わんこっちゃない」

カウンターに突っ伏した菜人を見て、和真は溜め息をつく。

友達と飲みに行った居酒屋でビールや酎《ちゅう》ハイを飲んでも平気だったのかもしれないが、それと同じペースでアルコール度数の高いショートカクテルを飲んでいたのでは潰れるに決まっている。

「調子に乗って飲ませすぎちゃったな。和真、この子の家、知ってる?」

「ああ。店舗の奥が自宅だって話だから、おおくぼ亭までタクシーで送ってくよ」

ほら帰るぞ、と菜人を起こして立たせようとしたが、酔っぱらってすっかりくにゃくにゃしていて自力では立てそうにない。

「ああ、もうしょうがないな」

肩を貸そうと身体を寄せると、菜人はなぜか、えへへと嬉しそうに笑った。

「バイト、なに笑ってんだよ。気持ち悪い」

「え〜、だって店長、お姫さま抱っこしてくれるんでしょ?」

抱っこ抱っこと手を伸ばされ、和真は思わず「アホか」と、ぺしっと軽く髪をはたいてしまっていた。

「誰がお姫さまだ。おまえなんかただの荷物だ」

「ええ〜、けち」

文句を言う荷物をひょいっと肩に担ぎ上げて店を出て、タクシーに突っ込む。

タクシーの運転手におおくぼ亭への道順を説明していると、「家は駄目です〜」と酔っぱらいがストップをかけた。

「こんなに酔って帰ったら足がなくなるぅ」

「なんだそれ」

「人前でだらしないことすんなって、爺ちゃんに叱《しか》られるんですよう。正座させられて、説教を一昼夜エンドレスで」

「ああ、そりゃ確かに足の感覚がなくなるか……。だったら、いつも酔っぱらったときはどうしてたんだ?」

「あ〜、漫画喫茶とかで酔い醒《さ》ましてました」

近くの漫画喫茶の前に捨ててってくださいと菜人に言われたが、さすがに足腰の立たない酔っぱらいをひとりで街に放り出すような真似はできなかった。

「ったく、世話が焼ける」

和真はしかたなく、菜人を自宅に連れ帰ることにした。

タクシーを降り、酔っぱらいをまた肩に担ぎ上げてマンションの自室に入る。

よいしょとベッドの上に降ろすとすぐ、菜人が、えへへっとまた嬉しそうに笑った。

「バイト、今度はなに笑ってんだ？」

「店長にお持ち帰りされちゃったからですよう」

「荷物の分際でアホなことを言うな。梱包《こんぽう》してからタクシーに突っ込んで自宅に返すぞ」

「わ〜、店長冷たい」

「はいはい、冷たいよ」

ほら、と寝室用の小型冷蔵庫から取り出したペットボトルの水をほっぺたにくっつけてやると、「うわっ、マジで冷た」と菜人が首を竦める。

「特別に俺のベッドを貸してやるから、それ飲んでとっとと寝ちまえ」

「え〜、一緒に寝ないんですか？」

「寝ない！　リビングのソファにいるから、もし気分悪くなったら呼べよ」

ベッドの上に無防備に横たわり、無邪気にきらきらした大きな目で見つめてくる菜人の姿は、今の和真には目の毒だ。

じゃあなと素っ気なく言って寝室を出ようとすると、「てんちょ〜」とドアのところで呼び止められた。

「……なんだよ」

溜め息混じりで振り向くと、「俺、気分悪いですぅ」と菜人が言う。

だが、菜人の頰は、酔いのせいでうっすら赤みが差したまま艶々していて、気分が悪そうには全然見えない。

「嘘つけ」

「嘘ですけど……。でも、戻ってきてくださいよ〜。もうちょっとお話ししましょ」

「……おまえ、ウザイ」

とはいえ、困ったことに、こういう風にじゃれつかれるのは嫌いじゃない。

嫌そうなふりを装いながらも、戻ってベッドに腰かけた。

「ほら、戻ったぞ。なんか勝手にしゃべれ」

「はい。……と、その前に……」

菜人は、もぞもぞと寝返りを打って俯《うつぶ》せになってから、腕を突っ張って起き上がろうとした。が、途中で肘《ひじ》がかくっと折れてぺしゃんと潰れる。

「なにやってんだよ」

思わず笑いながら、起き上がるのに手を貸してやる。

「ありがとうございます。……あ〜、俺、こんなに酔ったのははじめてです。なんか、世界があちこちぐにゃぐにゃ歪《ゆが》んでるみたい」

くらくらする〜っと呟きながら、菜人は和真にぺたっと凭《もた》れかかってきた。

（ったく、わざとらしい）

嬉しそうにそっと和真の腕に頬ずりするその仕草からは、このチャンスを少しでも楽しまなきゃという菜人の気持ちが透けて見えていた。

（……少し羨《うらや》ましいか）

高校時代、和真もまた大好きな人を振り向かせたくて、なりふりかまわずに突き進んだことがある。

あの頃の懐かしい心臓の高鳴りや、想いがかなった瞬間の喜びをふと思い出して、少し胸が痛んだ。

（こいつを、あんな風に喜ばせてやれたらよかったのにな）

こんな風にじゃれつかれて無茶苦茶可愛いと思っているし、菜人の存在自体をとても愛《いと》おしくも感じている。

そんな気持ちをそのまま表に出せればと思うが、ポンコツな和真には残念ながらその資格がない。

うまくいかないと最初からわかっている恋に迂闊《うかつ》に応じて傷つけるより、その手前でストップをかけてやったほうが、お互いに傷も浅くて済むはずだった。

「貸せ」

水を飲もうとして、酔いのせいで力の抜けた指でペットボトルのキャップと格闘していた菜人から、ペットボトルを取り上げてキャップを開けてやった。

「ありがとうございます」

ペットボトルを受け取り、菜人が美味《うま》そうにゴクゴクと水を飲む。

酔っぱらっているせいか、唇から水が少し溢《あふ》れて、上向いた顎からつううっと喉《のど》へと滑り落ちていく。

（……目の毒だ）

健康そうに艶々した肌から、和真は目をそらした。

「はあ……。ちょっと一息つきました」

「ベッドに水を零すなよ」

もう一度ペットボトルを取り上げて、キャップを閉めてから菜人の手に戻してやると、菜人は嬉しそうに、にこっと笑った。

「……なんだよ」

「店長優しいなぁって思って。さっき頭をはたいたときだって、痛くないようにってすっごく気を遣ってくれてたでしょ？　俺ね、今すっごく幸せな気分です」

「そうか。楽しい酒でよかったな」

「もう、そういう意味じゃないですよ。とぼけるなぁ……。——俺の気持ちなんか、とっくにお見通しなんでしょう？」

「それがわかってるなら、それ以上なにも言うなよ。俺がとぼけてる理由だってわかってるんだろ?」

「わかってますけど……。でもね、それは別にどうでもいいんです」

「……やっぱ、おまえ、なんもわかってないな。っていうか、酔っぱらい相手に真面目《まじめ》な話は無理か」

大人《おとな》しく寝たほうがいいんじゃないかと額《ひたい》を小突いて寝かせようとしたが、菜人は和真の腕にしがみついて梃子《てこ》でも倒れようとしない。

「身体は酔ってても、頭はちゃんとクリアですよ～。ホントに酒には強いんだから」

ほんとかよと顔を見たら、大きな目がじっとこっちを見ていた。

なんだか柄にもなくどきっとして、和真は目をそらす。

「俺ね、スタートラインに立ったのって、これがはじめてなんですよ」

「なに言ってんだかわかんないぞ」

「だ～か～ら～、恋のスタートラインですよ。今まではね、いいな～って思ったとこでストップかけてたんです」

恋をすること自体を自分に許してやれなかったから……と、菜人は珍しく小さな声で呟くように言った。

「自分がゲイだって認めてなかったのか?」

「そうじゃなくて……。相手がノンケだったらって思うと、やっぱ怖くて」

「おまえみたいな奴でも怖いって思うか」

「そりゃ思いますよ。好きな人にバケモノを見るような目で見られたらたまらないし……。店長の側にいるのだって、けっこう怖かったんですからね」

「そんな風には見えなかったけどな」

「演技派なんです」

菜人は、えへへ～っと意味もなく笑ってから、和真に凭れたまま珍しく溜め息をついた。

「でも、店長もゲイだってわかったから、もう怖くないです。これでやっと、まともに恋をすることができる。だから、なんかもう嬉しくてたまらないんですよね～」

「……ひとりで突っ走られても困るんだがな」

「別にいいじゃないですかぁ。恋愛はふたりでないとできないけど、恋はひとりでするもんなんだし」

「ああ、なるほど……。そういう考え方か」

自分の中にある恋心を認めることができる。

ただそれだけのことが嬉しい。

そう菜人は言っているのだ。

「おまえ、片思いでも平気なのか?」

「うわっ！　のっけからそう聞きますか。冷たいなぁ」

店長って意地悪だ、と菜人は軽く唇を尖らせた。

「そりゃあ平気じゃないですよ。でも、罪悪感なく恋ができるだけでもありがたいっていうか……。誰かのことを好きだなぁって素直に思えないまま一生を終えるより、片思いでも恋をしてたいっていうか」

「一生だなんて大袈裟《おおげさ》だ」

「そうでもないと思いますけど……。だって、俺の恋って難易度マックスなんですもん」

「難易度ねぇ……。おまえの言うことは、どうもわかりにくいよ」

「だから、ゲイバーでも言ったでしょ？　遊びの恋愛はしないって……。俺の友達なんかは恋愛する為にその相手を捜すタイプなんですけど、俺にはそれ無理なんですよ。——俺にとっての恋は、捜すものじゃなくて巡り会うものだから……」

「おっ、いきなり文学的だな」

軽く肩を竦めると、「茶化さないでください」と菜人に腕をつねられた。

「俺、真面目に話してるんです。恋した相手もゲイだったなんて、俺にとっちゃすっごい幸運なんですから」

「まあ、そこら辺は俺もわかるよ。ずっと前に、似たような経験したことがあるから」

はじめて恋した相手もまた、自分と同じ性的指向の持ち主だったと知ったときは、そりゃもう嬉しかった。

同性だという理由だけで、自分の恋心をシャットアウトされないのだとわかって……。

「その相手が、マスターが言ってた本命ですか？」

抜け目なく聞いてくる菜人に、「違う」と和真は苦笑しながら答えた。

「大学時代には本命なんていなかった。智士と出会った頃、俺はもうフリーだったからな」

真実を語っているのだが、こっちを見る菜人の表情は嘘ばっかりと言わんばかりだ。

「店長って、秘密主義なんだ」

「だから隠してないって」

「嘘ばっかり。別にいいですけどね。でも、俺は隠しませんよ。店長が好きです」

止める間もなく、菜人は拍子抜けするほどさらりとした口調でそれを言う。

「ああ、ったく……。それは聞きたくなかったなぁ」

なにも言うなって言ったのにと愚痴ると、俺の勝手ですと菜人が威張る。

「つき合ってくれって迫ってるわけじゃなし、別にいいじゃないですか」

「よかぁないよ。あやふやにしといたほうがいいことだってあるだろう」

（そのほうが波風も立たないってのに……）

気づかないふりをしていたときでさえ、菜人のあのきらきらした視線や仕草を上手にかわせずにいたのに、好意をはっきりと向けられてしまったら、こちらにもその気があるだけにかわすのはかなり困難だ。

だが、受けとめることもできない。

受けとめれば、痛みを伴う別れが待っているとわかっているから。

(手放したくないんだがな)

楽しげに、くるくると働いてくれる可愛い姿を見られなくなるのは嫌だった。

いっそ、このまま抱き締めて自分のものにしてしまいたいとさえ思う。

だが、それはポンコツな和真にはできない話で……。

(プラトニックでなるべく長く引っ張ってみようか。おまえが大事だから時間をかけたいんだとかなんとか誤魔化《ごまか》して……)

と、そこまで考えた和真は、まっすぐにこっちを見つめているきらきらした視線に気づき、それは無理だと諦めた。

菜人の性格上、こっちにも好意があるとわかってしまったら、止めたところで無理矢理にでも迫ってくるに違いない。

大人しく引き延ばされてはくれないだろう。

和真が思わず溜め息をつくと、菜人はちょっと呆《あき》れたような顔をした。

「店長って、案外臆病《おくびょう》だったりします?」

「……どうかな? 俺が臆病で秘密主義で嘘つきだったら心変わりするか?」

「しませんよ。俺、店長の仕事好きなとことか、素っ気ない癖に中途半端に優しいとことかも大好きです。いいトコも悪いトコも全部ひっくるめて店長なんだから、全然平気。見た目だけじゃなく、中身まで完全無欠の男前だったら、きっと途中で引いちゃってましたもん」

ちょっと照れくさそうに笑う菜人は、困ったことに無茶苦茶可愛かった。

「おまえは案外大人なんだな。……もっとお子様だとばかり思ってたよ」

子犬のようなちんまりした見かけから、喜怒哀楽がはっきりした感情優先の無邪気なタイプだとばかり思っていたが、どうやらそうじゃないらしい。

物事をしっかり見て、自分なりに判断する冷静さもある。

強引にも思える無邪気さも、拒絶されたり不快に思われるかもしれないというリスクをきちんと承知した上で、勇気を振り絞っての行動なのだろう。

自分から行動しなければ、ふたりの関係になんの変化も起きないだろうと……。

（まずいな。なんでこう、いちいちこうツボにはまるんだ）

和真がはじめて愛した相手も、やはりそういうタイプだった。

物事を冷静に見つめる視点があって、どうすれば一番いいのかを自分なりに判断する価値基準をしっかりと自分の中に持っていた。

外見も表面上の性格も、菜人とは真逆だったが……。

改めてまじまじと見つめると、菜人はその大きな目を期待できらきらさせた。

「あれ～？　もしかして店長、俺の意外な大人っぽさに惚れちゃいました？」

「調子に乗るな」

ぺしっと軽く髪をはたくと、えへへと肩を竦めて笑う。

こんなに無邪気で可愛いのに、中身はしっかり大人だなんてこれはちょっと反則だ。

（惚れるどころか……）

正直、惚れなおした。

困ったなと悩む和真に菜人が言う。

「俺、この恋を楽しむことにしましたから」

「しましたからって……。勝手に宣言すんな！」

「つき合ってくれって迫ったりとかはしませんよ。店長は今まで通り適当にあしらってくれればいいんです」

（それができないから困ってるってのに……）

弱り切った和真は、思わず眉根を寄せた。

「わあ、店長、その表情渋くて格好いい」

菜人はそれをうっとりした目で見つめて、酔いのせいでふらふらしながらも、腕にしがみついて顔を近づけてくる。

「ちょっ、こら！　なにをする」

「ちょっとぐらい、いいじゃないですか」

減るもんじゃなし、と菜人はぐいぐい前進。

そんなことされたら自制心が減るだろうがと思いつつも、ん～と唇を尖らせてふらふらと迫ってくる菜人があまりにも可愛すぎて、視線を外すことができないし、押しのけることもできない。

「店長、大好き」

ぴとっと、ふたりの唇が触れ合う。

こっちからサービスするつもりは一切なかったので好きなようにさせてみたのだが、菜人はぴとっと唇をくっつけたまま動かない。

しばらくしてそのままそっと唇を離すと、嬉しそうに、えへっと笑った。

「それで満足か?」

幼稚園児のようなキスに拍子抜けして聞くと、「俺、経験値ゼロだから……。次はもっと濃厚なのができるように、どっかで修業してきます」と菜人が答える。

「修業って……」

(どこで修業するつもりだ?)

自分以外の男に菜人が教えを請うシーンを想像した和真は、思わずイラッとした。

ふっくらした弾力のあるこの唇の感触を、他の男には知られたくない。

「キスぐらい、俺が教えてやる」

自分で思っていたより酔っていたのかもしれない。衝動に突き動かされるまま、和真は後先も考えず菜人にキスしていた。

「んっ」

細い首を片手で摑《つか》んでぐいっと引き寄せて唇を触れ合わせると、菜人はびっくりしたように硬直して、大きく目を見開いた。

放心したように開いたままの菜人の唇に更に強く唇を押し当て、迷うことなく舌を入れていく。小さな顔にお似合いの、小粒で可愛い白い歯列を舌先でなぞり、見かける度に指先でつまんでやりたい衝動に駆られていた薄い舌を搦《から》め捕り、その感触を存分に楽しむ。

「……んぅ」

夢中で小さな唇を貪《むさぼ》っていた和真は、菜人の鼻に抜ける甘い声に、ふと我に返った。

(やばっ)

慌てて肩を摑んで唇を引きはがすと、菜人は、キスの余韻に酔ってでもいるかのようにぼんやりしていた。

だが、徐々に我に返ってくるにつれて、頰を赤く染めてもじもじしはじめる。

「てんちょー、キス上手《うま》すぎです。……………俺、勃《た》っちゃった」

「俺が上手いんじゃなくて、おまえがちょろいんだよ」

うっかり夢中でキスしてしまった気恥ずかしさもあって、ちょっと冷たい調子で言うと菜人は唇を尖らせた。

「経験値ないんだから、しょうがないじゃないですか」

「それもそうか……。――トイレ、あっちだから」

和真の言葉の意味を図りかねた菜人が「え?」と首を傾《かし》げる。

「抜いてこい」

そう告げると、またしても唇がぷっと尖った。

「酔ってる上に、こんな状態で歩けるわけないじゃないですか」

「それもそうか。……じゃ、俺はこれで」

和真はベッドの上にそっとティッシュの箱を置いて立ち去ろうとしたが、菜人にがしっと全身で腕にしがみつかれて止められた。

「誰のせいでこんなになってると思ってるんですか! 責任取ってくださいっ」

「責任って言われてもなぁ」

正直言ってしまえば、菜人に触りまくってみたかった。

だが、触る以上のことができない和真にとって、それは同時に生き地獄の入り口でもある。

困って溜め息をつくと、むきになってしがみついていた菜人の腕の力がふっと弱まった。

「……俺みたいなのが相手じゃ、やっぱりその気にならないんだ……。そりゃそうですよね。

マスターみたいな美人さんでも落とせなかったぐらいだし……。絶好のチャンスなのに、経験値が低いから、どうやったらその気になってもらえるのかもわからないし……」

やっぱりどっかで修業してから出直してきます、と、菜人がしょんぼりと俯《うつむ》いて呟く。

泣き落としに応じるつもりはこれっぽっちもなかったはずなのに、『修業』という言葉に和真はまたイラッと反応してしまった。

「ああ、ったくもう！　わかったよ。一発抜いてやればいいんだろう？」

やけくそ気分で菜人の身体をベッドの上に押し倒し、もう一回キスしてやろうと近づいた和真の視界に、やったぁと言わんばかりにグッと親指を立てた菜人の拳《こぶし》がちらっと見えた。

ハッと気づいて顔を見ると、菜人は、えへっと嬉しそうに笑っている。

「……今の、演技か？」

「こんなチャンス二度とないかもしれないし。なりふりかまってられないんで」

自称、演技派の菜人が、ぺろっと舌を見せる。

（こいつ、学習してやがる）

さっきイラッとするままにキスしてしまったせいで、行動パターンを読まれてしまったようだ。

和真は呆れ返って苦笑した。

「姑息《こそく》だなぁ。どこでそういうやり方を覚えたんだ？」

「爺ちゃんの教えをちょこっとアレンジしてみました」

実家が客商売なだけに、人の心の機微には敏感でなきゃいけねぇという祖父に、子供の頃から客あしらいをあれこれ教わってきたと菜人が得意そうに言う。

姑息ではなく老練、年寄りの知恵はさすがに侮れない。

「店長、俺のこと嫌いじゃないですよね？」

少し不安そうに見上げられて、和真は溜め息をついた。

「……ああ、嫌いじゃないよ」

どこか余所《よそ》で修業されるのが気に障るぐらいには好きだってことがもうばれてしまっている以上、嘘をついたところで意味がない。

だが、情けないことに、それ以上の言葉を言ってやることもできない。

「今だけ負けてやるから、もう黙ってろ」

菜人を気持ちよくしてやることなら幾らでもできる。

だが、心から可愛いと思っている相手に触れても反応しないこの身体に気づいたら、いったい菜人はどう思うだろうか？

（やっぱり、自分程度じゃ駄目なんだって落ち込むか？）

演技とはいえ、さっきのしょんぼりした顔はけっこうなダメージだった。

あんな顔をされるようだったら、今度こそ本当のことを言わないといけないだろう。

（信じてくれりゃいいけど……）

昔、似たようなパターンで信じてもらえなかったことがある。

そのときは、そんな嘘をつかれても嬉しくないと泣かれて傷つけてしまった。

（いっそのこと、こっちの状態に気づけないぐらい夢中にさせちまえばいいか……）

なんといってもビギナーだし、酔っぱらってもいる。

はじめての快感に酔わせてしまえばなんとか誤魔化せるかもしれない。

（どうせなら全部見てやれ）

開き直った和真は、菜人にキスしながらその服をはぎ取っていった。

酔っているせいもあるのだろうが、菜人はなんの羞恥《しゅうち》心も感じていないようで、自ら進んで服を脱ぐのに協力する。

だが、最後の一枚まではぎ取った和真が、むき出しになった菜人の裸身を思わずじっと見ると恥ずかしそうに膝《ひざ》をよじって、和真の視界からそこを隠そうとした。

「俺の身体、どっか変ですか？」

「……いや。小さくても、ちゃんと大人になってんだなって感心してたんだ」

「ど～せ小さいですよ」

「いやいや、そうじゃないだろ。身体の縮尺から考えれば、これで妥当だ。並の大きさだったら、それはそれでグロテスクだしな」

今まで和真は、菜人の服の下に隠れた肉体を具体的に想像したことがなかった。

ただ漠然と、小さい身体に見合った子供っぽい感じだろうと思っていたものだから、年齢相応の身体にちょっと驚いてしまったのだ。

「……小さいって、そっちのことだったんだ」

宥《なだ》めたつもりなのだが、やぶ蛇だったようで、菜人はヘソを曲げて横を向いてしまった。

「ごめん。怒るなって」

服の中身を想像したことはなくても、腰のところで菜人がきゅっとエプロンを結ぶのを見る度、びっくりするぐらい細いその腰を両手でがしっと摑んでみたいと指をむずむずさせてはいたのだ。

指先が望むまま、その腰に触れてみると菜人はびくっと身体を震わせた。

「ひゃっ！　ちょっ……そこ、くすぐったいです」

「へえ、感じやすいんだな」

これだけ酒が回った状態でこの反応なら上出来だ。

案外簡単に夢中にさせることができそうだし、一、二度抜いてやれば、酔いも手伝って、きっところんと眠ってくれるだろう。

「感じやすい？」

くすぐったがってるのにどうして？　と菜人はきょとんとしている。

不思議そうに見上げてくるその顔がやたらと可愛くて、ちゅっとキスしてやると、すかさず「もっと」と首に腕を絡めてきた。

請われるままに深くキスしながら、ちょっと萎《な》えかけていたそれを手の平で包んで軽くしごいてやる。

「……っ……ん」

きゅきゅっと擦《こす》り上げる度、菜人の身体は素直に反応してびくびくっと震える。

人の手でそこに触れられたのがはじめてなせいもあって、余計に興奮しているのだろう。

和真の手の中のそれはすぐに雫《しずく》を零しはじめ、今にも達きそうだ。

(イキ顔が見たいな)

さっきの菜人の台詞《せりふ》じゃないが、和真にとっても、こんな美味しいチャンスはもう二度とないだろう。

せっかくだからせめて観賞ぐらいはさせてもらおうと、唇を離して至近距離から顔を覗き込む。

一瞬菜人はキスを中断されたことに不満そうな顔をしたが、強くそれを擦り上げて刺激してやると、きゅっと目を閉じてまた甘い声を漏らした。

「あっ……あ……やぁ……」

その可愛い声に、思わず和真の口元もほころぶ。

同時に、なんとも言えない虚《むな》しさも感じた。

パートナーの気持ちよさそうな顔を見るだけでも充分に幸せを感じられるという男もこの世の中にはいるのかもしれない。

(一緒にイケたらな)

だが残念ながら和真は違う。

もちろん、相手が喜ぶ気持ちよさそうな顔を見るのは好きだ。

それと同時に、自分も同じ喜びを感じていたいのだ。

互いの身体で互いを高め合い、一緒に達《い》けるあの喜び。

それを感じることができない自分が歯痒《はがゆ》くて、惨《みじ》めで、どうしても辛《つら》くなってしまう。

「てんちょー……すご……気持ちいい……」

他人の手で達かされるというはじめての快感に、もうどうしていいのかわからなくなっているのだろう。

菜人はすがるように和真に腕を絡め、またキスを求めてくる。

誘いに応じてやりたいところだが、そうするとイキ顔を見逃してしまいそうだ。

「駄目だ、これでもしゃぶってろ」

「……ふぁ」

キスを求めて半開きになった唇に、和真は指を突っ込んだ。

薄い舌を人差し指と中指で挟み込んでやると、がじっと小さな歯で噛《か》みつかれる。

もちろん本気じゃなく、甘噛みだ。

噛まれてひるんだ隙《すき》にいったん指の間から逃げていった菜人の舌が、今度は自分から進んで指を舐めはじめる。

「……ふっ……んん……」

小さい唇は指をしっかりくわえ込んで、ちゅうちゅうと夢中で吸いついてきた。

さっきのキスで口腔《こうこう》内の粘膜で快感を得られる術《すべ》を覚えたのだろう。

菜人は夢中になって、和真の指の感覚を味わっているようだ。

指を包み込む温かく濡《ぬ》れたその感触に、ぞくっと和真の背筋も甘く痺《しび》れる。

（ほんと、こいつには参るな）

自分のその仕草が、どれほど扇情的で可愛く見えているか、きっと全然気づいていない。

誰に教わるでもない無意識の痴態《ちたい》でこれだ。

この身体が快楽を感じる術を覚え、この行為にも慣れてきたら、いったいどれほど魅力的になるか……。

（……くそ、悔しいな）

お互いの気持ちは一緒なのに、これ以上の関係になることができない。

その原因が、自分のＥＤなのだから笑える。

（いや、笑えないか）

みっともなくて、情けなくて……惨めだ。

ゲイバーの一部の常連客達が守ろうとしてくれたことからもわかるように、菜人はこの手のちんまりしたタイプが好きな奴らには確実にもてるはず。

こんな中途半端な関係のまま、いつまでも手元に引き止めておけるような存在じゃない。

今こうして目の前にある幸せが、ただ通り過ぎていくのを見ていることしかできないのが悔しくてしかたなかった。

最後まで友人の域から出ることがなかった智士とは、なんだかんだあっても結局は友人という関係に落ち着いたが、恋愛感情を自覚してしまった菜人が相手では無理だ。

菜人が自分以外の誰かに新しく恋をするのを見守るだなんて真似ができるほど、和真は人間ができていないから……。

「んっ……んふ……っ」

指を夢中で舐めていた菜人の舌の動きが止まり、ぴくぴくっとその身体が小さく震える。

そろそろかと、和真は手の動きを早めてやった。

指を咥《くわ》えたままの濡れた唇が微《かす》かに震え、呼吸が浅く早くなる。

閉じられた瞼《まぶた》の目尻からは、じわっと涙が滲《にじ》んでいた。

（気持ちよさそうだ）

和真は、その瞬間を見逃さないよう、菜人の顔をただ見つめていた。

「んんっ――」

やがて、びくんと大きく身体を震わせて、菜人は達った。

達った瞬間、指を咥え込んだ唇がわななき、眉根が切なげに寄せられる。

(……やっぱり可愛い)

つるんと目尻《めじり》から零れた涙をすかさず舐め取ってやると、薄い胸を大きく上下させながら、菜人がうっすらと目を開ける。

ぼんやりと視点の定まらないその視線には、普段は感じられない色気があった。

「気持ちよかったか?」

唇から指を引き抜きながらそう聞くと、素直に「ん」と頷く。

「俺も、します」

「え?」

「店長の……したげます」

下手かもしれないけど、頑張るからやらせてと、菜人が荒い息の合間にとぎれとぎれに訴えてくる。

「いや、いいよ」

気持ちは嬉しいし、可愛いとも思うが、なにをしようとピクリともしないのが経験上わかっているから、和真には断ることしかできない。

その途端、菜人はしゅんとなる。

「なんで？　やっぱり俺じゃ駄目？　――勃ってるのに、触らせてもくれないなんて……」

「――え？」

一瞬、なにを言われているのかわからなかった。

「……勃って……る？」

戸惑いつつ、自分の下半身に目をやって、本当にそこが半立ち状態なのを見て驚く。

（……嘘だろ）

ぞくっと甘い痺れを背筋に感じたり、覚えのある熱をそこに覚えてはいたが、菜人に引きずられてそんな感じがしているだけで、ただの錯覚だと思っていた。

まさか、本当に変化しているなんて……。

びっくりしたまま放心していると、すかさず菜人の手が伸びてきてジーンズの上からきゅっと触れてくる。

「うわっ、ちょっ……」

その途端、どくんとそこが熱く脈打つのを感じた。

（触られて感じるなんて……）

この十年、本当に人から触られても全然反応しなかったのだ。

智士の店に遊びに行ったとき、不意をつかれて他の客に触られたり、トイレで迫られてもピクリとも反応しなかった。

「ほら、もうビンビンじゃないですか」

やらせてやらせてと、肘を突っ張ってなんとか自力で起き上がった菜人は、再び和真のジーンズに手を伸ばしてきた。

指先の力がまだうまく入らないのか、悪戦苦闘しながらボタンを外してファスナーを下げようとしている。どうやら、和真に拒絶される前に勝手に触っちゃえとでも思っているようで、かなり焦っているようだ。

十年ぶりの事態にびっくりして戸惑っていた和真は、自分の身体の変化に驚くばかりで、呆然《ぼうぜん》としてそれを眺めるばかり。

「おっきい……けど、身体のバランスからすれば、これで妥当なんですよね？」

菜人は、さっきの仕返しとばかりにそんなことを呟きながら、拒絶される前にと慌ただしく下着の中に手を突っ込んできて、直接それをきゅっと握った。

（……うわっ、くる）

小さな手できゅっと握られて、ぞくぞくっと背筋に甘い戦慄《せんりつ》が走り、どくんとそこが脈打って急激に熱が集まっていく感覚がした。

「え、あれ？　これでマックスじゃなかったんだ」

一気にマックスまで成長したそれを見て、すげーっと菜人が目を見開く。

「店長、あの……く、口でしてもいいですか？　こんな機会、二度とないかもしれないし……」

したい、と訴えてくる興奮してうわずった声、見上げてくる目は達ったばかりのせいか妙に潤《うる》んでいて、可愛いのに色っぽい。

（本当にそうだ。……こんなこと、もう二度とないかもしれない）

愛しい者を、この心と身体の両方で愛し、感じることができる機会は……。

「そっちより、おまえの中に入りたい」

和真の口から、衝動的にそんな言葉が零れた。

「へ？」

「駄目か？　おまえを抱きたいんだ」

ついさっきまでは触れることさえ拒もうとしていた和真の唐突な変化に、戸惑ってびっくりしている菜人に、もう一度そう訴えてみた。

「だ、駄目じゃない！　駄目じゃないですっ‼　俺、嬉しい！」

夢みたい、と本当に嬉しそうに菜人がしがみついてくる。

和真は、ずっと抱き締めたくてたまらなかった小さな身体を、力一杯ぎゅっと抱き締め返した。

セックスとは縁遠い生活をしていたせいで、ジェルもコンドームも、なんの準備もない。なにか代わりになるものをとも思ったが、ベッドから離れる気にはなれなかった。十年ぶりにやれそうな感じになっているのに、間を開けることで萎えてしまうのが怖い。というより、ぶっちゃけ一刻も早く、この愛おしくてたまらない存在の中に入りたくてたまらなかったのだ。

悠長にキスして雰囲気を盛り上げてやる余裕など当然ない。

華奢《きゃしゃ》で薄っぺらい身体をひっくり返し、手の平でお尻を押し開いて、直接そこを舐めてやる。

「え……？　うわわっ」

いきなりのこのダイレクトな行為に、菜人は意味不明の言葉を漏らしたが、慌てたように自分の手で口を抑えて言葉を飲み込んだ。

さすがに刺激が強すぎたのか、真っ赤になってちょっと泣きそうな顔になっているが、嫌だとは言わない。

たぶん、水を差すようなことを言って行為を中断させたくなかったのだろう。

和真はこれ幸いと舐め続けた。

堅いつぼみを舌先で舐めて突き、同時に前を擦り上げてやる。

「……んん」

堅かったつぼみがぴくっと震え、菜人が手の平の隙間から微かに気持ちよさげな声を出したところで、今度は唾液《だえき》で濡らした指をぐいっと突き入れる。

「ひっ」

なんの予告もなく突っ込んだせいか、開きかけていたそこがきゅっとつぼまる。

「っと、痛かったか?」

「へ……いきです。ちょっとびっくりしただけ……」

「そうか……。悪い、少し我慢な」

気を遣ってそう言ってくれただけかもとは思ったが、余裕がないから甘えさせてもらった。

更に奥深くに指を差し入れ、押し広げながら感じるだろう部分を探る。

「……っ……あっ、やだ!」

ここかなと思う部分をぐいっと指の腹で擦ってやると、びくんと小さく身体が震えた。

「ここだな?」

「あっ……や……あ……」

更に指を増やしてぐりぐりっと何度も強く擦る度、菜人が小さく声を上げる。

指をくわえ込んだそこがうねるように蠢《うごめ》きはじめて、菜人がそこで感じはじめているのを教えてくれる。

一緒に刺激していた前からは、雫が溢れ出た。

「なに、これ……？　身体、むずむずする」

「むずむずじゃなくて、気持ちいいんだろう？」

耳元で囁《ささや》いてやると、その声に反応したみたいにぶるっと小さく震えた。

快感に素直な質なのだろう、いいところを刺激しようと自ら腰を動かしさえする。

そんな反応が、もうたまらなかった。

「もっとよくしてやる」

我慢できなくなった和真は、指を引き抜くと両手で小さなお尻を掴んだ。

すでにいきり立っているものをぴたっと後ろにあてがうと、「あ……やだっ」と、菜人が慌てたように首を巡らせて止めた。

「怖くなったか？」

「そうじゃなくて……。はじめては、前からのがいい」

「こっちのほうが、たぶん楽だぞ」

「それでもいいから……。てんちょーの顔、見てたいし……」

（くそっ、可愛いな）

少し照れくさそうな顔と可愛い言葉に、和真のそれがどくんと脈打つ。

十年もの間まったく駄目だったというのに、どうして急に回復したのか、その理由はさっぱりわからない。

わからないだけに、この奇跡が一度きりという可能性だってある。

貴重なこの一度を、無駄打ちで終わらせたくない。

もはや一刻の猶予もないと焦る気持ちのまま、和真は菜人を仰向《あおむ》けにさせて、膝裏を抱え上げた。

「力抜いとけ」

自らのものをそこに押し当て、余裕のない気持ちのままに、ぐいっと押し込むと「んっ」と菜人が小さく呻《うめ》く。

「悪い、……辛いよな」

痛み故にひそめられた眉根にびびって思わず腰を引くと、菜人は和真の腕に手を添えた。

「俺、へーき」

慣らしが充分じゃないから、絶対に辛いはずなのに菜人はにこっと笑みを浮かべる。

それが健気《けなげ》で可愛すぎて、困ったことに、和真は逆に煽《あお》られてしまっていた。

「悪い」

もう我慢なんてできなかった。

いきり立つそれを一気に根本まで菜人の中にねじり込む。

きつすぎる感覚にくらっと眩暈《めまい》がして、思わず倒れ込んで菜人の胸元に額をつけると、菜人の腕が和真の頭をきゅっと抱え込んだ。

「好き。も……大好き」

抱いてもらえるなんて夢みたい、と髪に触れた唇が感極まったように呟く。

(俺だって、夢みたいだ)

くるくると楽しそうに働くその姿を、いつもただ眺めているだけ。

決してこんな風に触れることはないだろうと思って、最初から諦めていた。

まさか、こんな風に身体を繋《つな》げられるときがくるなんて想像もしていなかった。

もう一度、心と身体の両方で、誰かを愛することができるなんて……。

「バイト」

声をかけると、菜人の腕の力が緩んだ。

顔を上げると、涙を滲ませたきらきらした大きな目がじっとこっちを見ている。

和真は、その視線をはじめてまっすぐ受けとめた。

「てんちょー、好きです。ホント大好きです」

「……もう充分だ。わかったから」

何度も同じ言葉を繰り返す菜人の声にしっかり頷いてから、もう黙ってろとその唇を自分の唇で塞《ふさ》ぐ。

菜人は、両手で和真の頭を抱き、不器用に息継ぎしながら無我夢中でキスに応じてくれる。

その仕草が、もう愛おしくてたまらなかった。

ほぼ十年ぶりのセックスに、和真は夢中になった。

まさに我を忘れて久しぶりの快感を貪り、やっと正気に戻ったのは思う存分愛しい身体を味わい尽くして、何度目かの熱を吐き出した後。

欲望を吐き出せたことにやっと満足して、菜人の胸に額を押し当てて荒い息を吐いていると、ずるずるっと菜人の手が背中を滑り落ちていく感覚があった。

その手が、ぱたんとシーツの上に落ちる。

「……え？」

驚いて菜人の顔を見ると、くたっとしてすっかり気を失っていた。

（しまった）

夢中になるあまり、ビギナー相手になんの手加減もしなかった。

菜人がちゃんと感じてくれていたかどうか、ろくに確認さえしていない。

もしも、辛いばかりの時間を菜人に与えてしまったのだとしたら最悪だ。

その気はなくとも、それでは結果的に暴力をふるったも同然だろうから……。

「ちょっ、おい！　大丈夫か？」

ぞわっと鳥肌を立てながら、和真は慌てて菜人を軽く揺さぶった。

「……ん。あ……てんちょー」

揺さぶられて、菜人はうっすらと目を開けた。

和真と視線が合うと、ゆっくりと口元をほころばせる。

「大丈夫か？　痛くなかったか？」

「ん。……なんか、まだ指先までジンジンしてて痺れてるけど」

「そうか」

どうやら、それなりによくしてやることには成功していたらしい。

和真は、心底ほっとして胸を撫《な》で下ろした。

汗で濡れた前髪をかき上げながら軽く額にキスしてやると、菜人は「こっちにも」と唇を尖らせる。

そんな子供じみた仕草が、可愛くて可愛くてしかたない。

「汗やらなにやらで汚れちまったな。風呂に入るか」

リクエストに応《こた》えてキスしてやった後で、和真はバスルームに向かった。

お湯を溜めた後でベッドに菜人を迎えに行くと、抱っこ抱っこと手を伸ばされる。

「はいはい。抱っこな」

どうせひとりでは立てないだろうから、お望み通りにお姫さま抱っこしてバスルームに連れて行き、全身をくるくると綺麗に洗ってやる。

その間、菜人は嫌がりも恥ずかしがりもせず、くすぐったそうにはしゃいでいた。

だが、バスルームから出て綺麗に拭《ふ》いてやった後、乱暴にし過ぎたせいでさすがにちょっと傷ついてしまった後ろにソファで薬を塗ってやろうとしたら、これには抵抗された。中を洗われるのは平気なのに、同じ場所に薬を塗るのは駄目らしい。

訳がわからないと首を傾げつつも、暴れる小さな身体を楽しく押さえつけて、丁寧に薬を塗り込んでやる。

その後、真新しいシーツに代えたベッドにお姫さま抱っこで連れて行き、毛布でくるんでその上からぎゅっと抱き締めてやった。

腕の中にすっぽり収まる小さな身体のラインを腕と身体で感じると、また下半身に熱が戻ってきそうになる。

(本当に治っちまったみたいだな)

どうしてEDからこんなに急に回復できたのか。

その理由はわからないが、下半身の疼《うず》き具合から、これが一時的な復活じゃなさそうだという確信が持ててきた。

と同時に、腕の中の小さな身体をまた裸に剥《む》いてしまいたい衝動にも駆られたが、うっかり傷をつけてしまっただけに、今日はもうこれ以上手を出すわけにいかない。

ふたりの間を遮る毛布は、これ以上の欲望を抱かない為の戒めみたいなものだ。

「てんちょー、俺、喉渇きました」

「ああ。これでいいか？」

転がっていた飲みかけのペットボトルを拾い上げて差し出したが、菜人は毛布から手を出そうとせず、口移しで飲ませてと甘えたことを言う。

まあいいかとお望み通りにしてやったら、そりゃもう嬉しそうに笑った。

どうやら菜人は、お姫さま抱っこだの、口移しだの、微妙に乙女チックな行為がお好みらしい。

（ってことは、やっぱさっきのアレはまずかったか……）

菜人にとっては初体験だというのに、まるで盛りがついた獣みたいにガツガツと貪ってしまった。

あれでは、ムードもなにもあったものじゃなかっただろう。

乱暴にしたことを謝罪していなかったなと思い出した和真は、菜人の癖毛を撫でてやりながら「悪かったな」と、とりあえず謝ってみた。

その途端、幸せそうに微笑んでいた菜人から、笑みがすうっと消えた。

「あ……。その……謝らなくてもいいです。俺がして欲しいって頼んだんですから」

「ならいいけどさ」

「はい。大丈夫です。俺、ちゃんと自分のレベルわかってるし……」

「レベル？」

ほっとしかけていた和真は、なんだ？　と眉をひそめる。

「店長と俺とじゃ、あまりにも似合わなすぎるし……。俺、今日のこと引きずったりしないし、調子に乗ったりもしないから、今まで通り側にいさせてくださいね」

お願いします、と頼んでくるその大きな目には、なぜかじわりと涙が滲んでいる。

そのあまりにも悲しそうな顔に、和真はぞわっと鳥肌を立てた。

「ちょっ、おまえ、なんか勘違いしてないか？」

「え？」

このチャンスを逃すもんかとばかりにぐいぐい積極的に迫ってきた癖に、ここに至ってあっさり引いてしまうとは……。

和真の目に映る菜人は、いつもとんでもなく可愛かったのに、どうやら本人の自己評価はかなり低かったらしい。

(図々《ずうずう》しいんだか、控えめなんだか……)

昨夜の一連のあの積極的な行動は、一世一代の勇気を振り絞ってのものだったのか？

そんな風に思うと、なんだかまた菜人がむしょうに可愛く見えてくる。

「俺が謝ったのは、さっきちょっと……っていうか、かなり乱暴にやっちまったからだ。傷つけちまったしな。おまえに手を出したことを謝ったわけじゃない。そもそも、これ一回で終わらす気もないぞ」

「……俺なんかでも、いいんですか？」

菜人が不安そうに、和真を見上げる。

まだ涙が滲んだままの大きな目で見つめられて、和真は胸が苦しくなるほどの愛しさを感じた。

「俺なんか、なんて言うなよ。俺はおまえが可愛くてしかたないんだから……。こんな気分になったのは随分と久しぶりなんだ。そもそも、誰かと寝るのも十年ぶりぐらいだしな」

「十年って……。うっそだー」

店長の嘘つき、と菜人は頭っから信じようとしない。

「店長みたいに超格好いい人が、そんなに長いことひとりでいるなんて有り得ないです」

「嘘じゃないって。ほんとなんだ」

和真は勇気を振り絞って、実はな、と菜人にEDだったことを告白してみた。

「EDって、インポってことですよね？　またまた嘘ばっかり」

案の定、菜人はまったく信じようとしない。

ついさっき、あれだけ無茶した直後だけに無理もないかもしれないが……。

「嘘じゃないって……。高校時代にはじめてつき合った相手と、ちょっと……その、色々あって、それ以来、全然駄目になってたんだよ」

色々……の部分を打ち明けられればまだ信憑《しんぴょう》性があるのかもしれないが、かつての恋人にとっては隠したい過去だろうから、さすがに簡単には話せない。

「みっともない話だが、それ以来ずっと右手が恋人状態だったんだ。本当だぞ。信じろ」

大きな目をまっすぐ覗き込むと、菜人は軽く首を傾げた。

「ふうん、そっか……。それだけ、そのはじめてつき合った人が好きだったんですね」

店長って意外に一途だったんだ、と、菜人は独り言のように呟く。

「……一途？」

言われてみて、なんとなく確かにそうかもしれないという気がしてくる。

ずっとひとりで生きていかなければならないのかという不安感から、切実に恋人が欲しいと思ったこともあったが、和真のＥＤが回復する気配はまったくなかった。

でも今、菜人を目の前にしてあっさりと回復している。

（捜すんじゃなくて、巡り会うんだっけか……）

かつて本気で愛したはじめての恋人と別れて以来、誰かをあそこまで愛しいと感じることはなかった。

そう、菜人に出会うまでは……。

（本気で惚れた相手にしか反応しない身体になっちまったとか？）

実際は、そんな単純な問題じゃないってことは自分でもよくわかっている。

わかっているが、今はそういうことにしておきたかった。

余計なことを深く考えすぎて、またEDに戻ってしまいたくもない。

乙女チック好みの菜人じゃないが、運命の相手のキスで悪い魔法が解けたのだと思っていたほうがきっといい。

そのほうがずっと幸せだ。

「うん。そうだな。俺は一途なんだ」

和真は自分に言いきかせるように頷いた。

「遊びで寝るって感覚はやっぱり馴染《なじ》まないしな。だから、おまえにも遊びで手を出したわけじゃない」

「……あの……てんちょー？」

「店長じゃない、和真だ」

「え!? 名前で呼んでいいんですか？」

よっぽどびっくりしたのか、菜人はぱちぱちっと何度も瞬《まばた》きした。

「もちろん。——和真って呼んでみな」

ほら、と促すと、なぜか周囲を伺うように視線を泳がせ、毛布の中に顔半分隠してしまってから、毛布越しにそっと「……かずま」と呟く。

まるで言ってはいけない言葉でも口にしているようなその態度に、和真はちょっと笑ってしまった。

「『かずま』っていう名前に、なにか抵抗でもあるのか？」

「え、だって……なんか、恐れ多い感じがするし……」

「なんだそりゃ」

和真がまた小さく笑うと、菜人は毛布から覗かせた目を眩《まぶ》しそうに細める。

「変なこと気にすんな。これからは名前で呼べ」

「いいんですか？」

「ああ、俺がそうして欲しいんだ。――で、あのな、菜人」

「え？　俺？」

はじめて菜人の名前を呼んでやると、今度は大きな目をびっくりしたようにただ見開いた。

「なんだよ。バイトじゃなくてサイトなんだろ？」

「はいっ、菜人です！」

がばっと毛布から顔を出して嬉しそうに答える。

「よし、菜人。俺は、おまえと真面目に恋愛したいと思ってる」

「俺と？」

「そうだ。おまえとだ。――恋愛は、ふたりでするもんなんだよな？」

「……そう……です」

頷く菜人の大きな目から、みるみるうちに涙が溢れ出る。

(こういう涙ならいい)

これなら鳥肌も立たない。

「なあ、菜人。俺と恋愛するだろ?」

重ねて聞くと、菜人はコクンと頷いた。

和真は、嬉しいと大喜びして抱きついてきてくれるのを期待していたのだが、菜人はなぜか毛布の中にすぽっと顔を全部引っ込めてしまう。

「こら、なんで隠れるんだ?」

出てこい、と揺さぶった身体はぷるぷると小刻みに震えている。

「だ、だって俺……嬉しくて……」

菜人は涙声で言った後、ひくっと小さくしゃくり上げた。

「ひとりで泣くな。ほら、出てこい」

これでは涙も拭いてやれない。

無理矢理毛布ごと抱き起こしてから、毛布を剝いて顔を出させると、菜人は目や鼻を真っ赤にしてもの凄い勢いでボロボロ涙を流していた。

「……凄い号泣」

「だ、誰のせいだと思ってるんですか」

「俺のせいだろ？　落ち着くまでこうしてるから、思う存分泣け」

和真は、菜人の頭を摑んで、ぐいっと自分の胸に押し当ててやる。

「……和真、大好き。ホント……好き」

しゃくり上げながら、和真の胸にむぎゅっと顔をつけたままで菜人が呟く。

胸の上でもぞもぞ動く唇がくすぐったいし、呼気はじんわりと温かいしで、和真の口元には自然に笑みが浮かんでくる。

「わかってる。俺もだよ」

長い孤独の末に手に入れた、腕の中にある確かな温《ぬく》もり。

愛しくてたまらずに、和真は菜人の黒い癖毛に頰を押し当てた。

2

和真がかつての恋人とはじめて会ったのは、高校二年、夏休み明けの始業式の日だった。

ちょうど自分の性的指向に気づきはじめて、真剣に悩んでいた時期だ。

普通とは違う自分をどうしても認めてやることができず、生来の派手で目立つ容姿に惹《ひ》かれて声をかけてくる遊び感覚の女の子達と退屈な夜を過ごしては、こうして女が抱けるのだからまだ大丈夫だと自分を誤魔化して鬱々《うつうつ》していた日々。

そんなとき、和真は千葉淳也《ちばじゅんや》と出会った。

淳也は病気で退職した数学科の教師の補助教員で、細面で優しげな面差しの青年だった。

大学を卒業したばかりで教師として働くのもはじめてだったとかで、スーツ姿がいまいちしっくりしていなくて、ネクタイも中途半端に歪んでいたぐらいだ。

それを見た女子生徒達は、ちょっと抜けた感じがして可愛いなどと囁き合っていたが、和真は歪んだネクタイを『解きたい』と思って指をむずむずさせていた。

あの歪んだネクタイの結び目に指を入れて解いて、するっと襟元《えりもと》から引き抜きたい。

シャツのボタンを外し、薄そうな胸に直接触れてみたい、と……。

どうやら自分は女より男に目がいく性質らしいと気づいてはいたものの、そこまで直接的で強い衝動を感じたのははじめてだった。

そして観念したのだ。

自分はやはりゲイなのだと……。

それからは、もう迷わなかった。

とはいえ、派手な外見とは裏腹に決して積極的なほうではなかったから、淳也に近づき普通に話せるようになるまでに随分と時間がかかった。

話せるようになってからは、それとなくぎこちなく恋心を仄《ほの》めかし続けてばかりいた。

たぶん、臆病すぎて肝心な言葉を言えずにいた和真を見かねたのだろう。

『……もしかして君、僕のことが好きなの？』

ふたりの関係が変わるきっかけを作ってくれたのは、淳也のほうだった。

セクシャリティが一緒であることを確認した上でお互いの気持ちを確かめ合い、段階を踏んで想いを深め、ぎこちなく身体を繋いだ。

淳也は、自分がゲイだという自覚はあったものの、その先の一歩をずっと踏み出せないままでいたのだと言っていた。

だから誰かと肌を触れ合わせるのは、これがはじめての経験なのだと……。

自分の性的指向を認められずにいた和真にとっても、男相手ははじめてだった。

自分を騙《だま》し、無理をして女を抱いたときとは違い、ごく自然に心と身体が求める存在をこの手に抱ける喜びと充足感。

身体を繋げることの本当の喜びを、淳也との関係ではじめて知った。

年上の恋人は同年代の友達連中とは違って大人で、それまでは誰にも言えずにいた家族との軋轢《あつれき》を素直に吐き出すこともできた。

そして淳也は、家族の中で常に異分子として扱われて育った和真の孤独を親身になって思いやってくれた。

これからは自分がずっと側にいるから寂しくないよと、ちょっと気恥ずかしそうに、でも真摯《しんし》な眼差《まなざ》しで約束してくれたのが嬉しかった。

痩《や》せた堅い身体に腕や足を絡めたまま眠りに落ちるのが大好きだった。

目覚めてすぐ、肌に彼の温かな寝息を感じると、なんともいえない甘い気分になった。

本当に毎日が幸せで、腕の中にしっくりと馴染むこの人と、ずっと一緒に生きていくのだと信じていた。

そんな蜜月《みつげつ》が半年ほど続き、変化が訪れたのは高校三年の夏休み。

受験生だった和真が夏期講習に追われている間、淳也は墓参りを兼ねて一週間ほど田舎の実家に帰省していた。

つき合うようになってから三日以上顔を合わせないのははじめてで、寂しかった和真は毎日電話をかけると言ったのだが、年上の恋人は突如として教師風を吹かせて駄目だと言った。『君はもっと受験生だっていう自覚を持たなきゃ。この夏休みが勝負なんだから。ちゃんと集中して勉強しないと駄目だよ』

携帯での通話は禁止で、メールは一日二回までという決まりを勝手に作られ、和真はかなりふてくされた。だが、自分とのつき合いのせいで和真の成績が下がることがあってはいけないと、淳也が酷《ひど》く気にしていたことも知っていたから渋々ながらもそれに応じた。

そして一週間後、帰省から戻った淳也の顔には、明らかに殴られたとおぼしき青あざがついていた。

驚いた和真が、なにがあったのかと詰め寄ると、『幼馴染みと喧嘩《けんか》した』と淳也は言った。

表向きは、そういうことになってると……。

『身体を見られれば、ばれてしまうだろうし、こういうことは君に内緒にすべきじゃないと思うから言うけど――』

レイプされたんだ、と淳也は静かな声で言った。

『――え？』

耳から入ってきた言葉を和真が理解しきれずにいる間に、淳也はなにが起きたのかを冷静に説明し続けた。

相手は、淳也が自分の性的指向を打ち明けることができるほどに信頼していた幼馴染みで、

就職した会社を三ヶ月でクビになって酷く荒れていたこと。

慰め励ましたつもりの言葉が彼の怒りを買い、気がついたらそういう事態になってしまっていたこと。

翌日、正気に返った幼馴染みが土下座して謝罪してきたこと。

『謝って……それで済むような話かよ』

静かな口調の説明を聞いているうちにやっと事態が飲み込めてきた和真は、グッと拳を握りしめた。

誰よりも大切にしている人を襲った暴力に対して、じわじわと怒りがこみ上げて来て、腹の中が焼けるように熱くなる。

許せないと思った。

信頼していた相手に、こんな最悪な暴力をふるわれるなんてあまりにも残酷だ。

淳也が受けた心と身体の痛み、そして屈辱《くつじょく》を思っただけで胸が潰れるようだった。

やった罪に見合うだけの痛みと後悔をその最低な男に与えてやりたいと、心の底から怒りが湧《わ》いた。

『僕も許さなかったよ』

そんな和真に、淳也は静かな口調で言った。

簡単に許せば、きっと甘えが出る。

どれほどの苦しみを背負っていたとしても、それが他人に暴力をふるうことに対しての免罪符にはならない。

二度とこんな最低な真似をしないよう、許されない苦しさを胸に持ち続けて、それを戒めにしろと……。

『彼の為にも、許すべきじゃないと思ったんだ』

淳也のそんな言葉に耳を疑った。

しかも淳也は、友人のことを気遣ってすらいる。

(もう……許してるんだ)

だが和真は許せない。

誰よりも大切な人を襲ったこの暴力を……。

とはいえ、握りしめた拳を振り下ろす相手はここにはいないのだ。

どこにいるか聞いたとしても、きっと淳也は今の和真には教えてはくれないだろう。

淳也はもう彼のことを許していて、直接的な報復を望んではいないのだから……。

(俺は嫌だ。許せない！)

やり場のない怒りが胸を焼いた。

手の平に爪《つめ》の跡がつくほどに握りしめた拳から力を抜くことすらできない。

どうしてそんなに簡単に許してしまえるのかと、淳也に対してまで軽い怒りを感じてしまったが、それを口にすることはできなかった。

この件で一番傷ついているのは淳也なのだから……。

(淳也は、俺よりずっと強いんだな)

自らの痛みに耐えながら、人を気遣うことができるなんて……。

辛い思いをしたはずなのに、毅然《きぜん》としている恋人。

泣き言ひとつ言わない彼の強さに驚かされた。

同時に、自分の弱さが悔しかった。

恋人を気遣うことも労《いたわ》ることもできないまま、自分の悔しさと怒りに拳を強く握りしめることしかできない幼い自分。

そんな自分が悔しくて、なんだか惨めだった。

あの頃の淳也の年齢を超えた今になって考えると、淳也だってきっと心から許していたわけじゃなかっただろうと思うのだ。

冷静な口調で話してはいたけれど、内心は決して穏やかではなかったはずだ。

教え子でもある年若い恋人が、必要以上に動揺したり激高したりしないようにと気遣って、たぶん無理に冷静を装っていただけ。

いや、冷静なふりを装っていなければ、ひとりで立っていられないぐらいのダメージを受けていた可能性だってある。

まだ高校生で未熟だった和真には、不幸な事件に見舞われた年上の恋人の心のうちを思いやる余裕がまったくなかった。

目の前にいる恋人に向き合うことより、自らの胸を焦《こ》がす怒りと悔しさにばかり気を取られてしまっていたのだ。

そして淳也は、そんな和真を気遣ってくれた。

当時を思い返すと、自分のあまりの幼さが悔しくて腹立たしくて恥ずかしくてたまらなくなる。

和真の身体に最初の異変が起こったのは、その直後。

恋人を襲った不幸への動揺を整理しきれないまま、それでも求められるままいつものように淳也にキスして、その身体を抱き締めた。

恋人の温もりに包まれて、どうにもならない怒りや悔しさを忘れたかった。

だが、服の下に隠れされていた生々《なまなま》しい暴力の跡を目の当《ま》たりにしたとき、和真の頭と身体は一気に冷えた。

そのときからだ。

和真がEDになったのは……。

まだ自分がゲイだと認められなかった頃は、興奮しないまでも女を抱くことすらできていたというのに、誰よりも大切で愛しい恋人を目の前にしているのに自分のそれはピクリとも反応しない。

そんな自分の状態に、和真は酷くショックを受けた。

自慰ならできるから、機能的には問題ない。

問題があるのは自分の弱い心。

そのことが、また和真を追い詰めた。

悩んで落ち込む和真を、きっと一時的に動揺しているだけだと淳也は優しく労ってくれた。

自分の身を襲った不幸のせいでこんなことになったのだろうと、謝ってくれたりもした。

それがまた申し訳なくて、辛くて……。

『時間が経《た》てば僕の身体に残った傷跡も消えるし、和真の動揺もきっと自然に収まるよ』

そんな淳也の言葉に和真は頷いたが、けっきょく和真が回復することはなかった。

その後も表面上は穏やかに過ごしていたが、内心では恋人を抱くことができない自分がみっともなくて惨めで、ずっとずっと苦しかった。

EDになったきっかけが、恋人を襲ったあの不幸な事件だということはわかっている。

納得することも流すこともできないまま、自分の中であの事件が凝《しこ》ってしまい、未消化なまま残ってしまったせいだろうとも……。

だが、被害者である淳也自身がもう終わったことだと納得しているのに、わざわざ話を蒸し返して、塞がった傷をえぐるような真似をすることはできなかった。

結局その後、ふたりの間で事件の話題が昇《のぼ》ることは二度となかった。

そして高校の卒業式の後、和真は淳也から『もう別れよう』と冷静な口調で言われたのだ。

『そのほうがいい。僕と一緒にいると、君は穏やかな気持ちではいられないみたいだし……。僕と離れれば君の身体も回復するかもしれないしね。――傷つけ合うようになる前に離れたほうがお互いの為だと思う』

嫌だった。

別れたくなどなかった。

それでも、恋人としてポンコツだという劣等感に日々苛《さいな》まれていたせいもあって、自分には嫌だと言う資格はないように思えた。

わかったと頷き、元気でねと握手を求められて、その手を握り返した。

緊張していたのか、淳也の手は微かに震えていて、その指先は酷く冷たかった。

最後に淳也に触れた記憶が、ひんやりとした感覚だったことを今でも悲しく思っている。

☆

それ以来、淳也とは一度も会っていない。

淳也と離れても、けっきょく和真の身体は回復しないまま。

家族とも縁が切れて、和真は本当にひとりになった。

それでも生きていかなければならないと、日々の生活に追われながら、必死で自分の生きる道を模索した。

そうやって探り当てたのが今の仕事だ。

和真が経営するパン屋、『ブロート』はドイツパンの専門店。

当初から、ひとりで回せるような小さな店をイメージしていたこともあって、モデル時代に稼いだ金を注ぎ込んで手に入れた店の店舗面積は狭く、品揃《しなぞろ》えはゴツゴツとした無骨で見栄えのしない素朴なパンが五種類前後、営業時間は三時間程度と冗談みたいに短い。

だがその分しっかり手間暇をかけているし、ドイツで修業してきただけあって本格派だと評判で、それなりに固定ファンもついている。

自ら拘《こだわ》って作っている天然酵母を使って、季節や湿度で変わる発酵時間や温度を完璧《かんぺき》に管理して発酵させ、毎日パンを焼き上げる。

開店時間の夕方五時には、早めに売り切れるパン目当ての客がいつも数人待っていて、たいてい八時頃には品切れとなって閉店する。

店舗売りの他に、何軒かの独料理屋《ドイツ》に本場仕込みの癖の強いパンを直接卸してもいるが、自分の手に余るほどの仕事は受けない主義だ。

職人を増やしてパンを焼く回数や営業時間も伸ばし、手広く取引先を捜せばもっと儲《もう》かるだろう。いっそのこと、その派手な顔を使ってマスコミにアピールすれば、一気にブレイク間違いなしだ、などと同業者からからかわれたりしているが、和真は今のペースを崩《くず》すつもりはなかった。

派手なことや変化は求めない。

無理せずマイペースにいつも変わらぬ味のパンを提供し続け、自分ひとり生活できる程度の金を稼げていればそれで充分だ。

そもそも、和真がパン屋という職業を選んだ理由のひとつに、とりあえず一国一城の主で、基本的にひとりでもできる仕事だということがある。

産まれながらのこの派手な容姿は、いい意味でも悪い意味でも、他の人々から和真を浮かせてしまう。

その結果、なんだかんだと面倒な対人関係のトラブルに巻き込まれたり、悪目立ちして居心地の悪い思いをするのが面倒だし嫌なのだ。

華やかな成功より、慎《つつ》ましく穏やかで静かな暮らしが欲しかった。

そういう意味で、この現状は実に理想的だ。

（今は可愛い恋人もできたしな）

ちんまりと可愛い恋人は、しっかりバイトも続けてくれている。

ブロートのすぐ近所にある調理師の専門学校に通っている菜人は、四時四十五分に授業が終わるといつもダッシュでやってきて、慌ただしく制服に着替え、開店と同時に店舗にやってくるお客さん達を笑顔で出迎えてくれる。

奥の厨房《ちゅうぼう》でパンの焼き上がりのタイミングを見はからいつつ、ガラス戸越しにくるくるとよく働いてくれる菜人を眺めるのが、最近の和真の楽しみであり幸せだった。

（菜人は、この店にジャストサイズだ）

客が五人も入るともうギュウギュウな小さな店舗だけに、販売員である菜人がコンパクトで場所を取らないのは実に都合がいい。

接客態度はハキハキと明るく手際もよく、バイトとしてとても有能だ。

そして、恋人としては最高だった。

恋人になったら無邪気度に拍車がかかるかもと思いきや、そんなことはまったくない。いきなりため口にはなったが、和真がなにも言わなくともバイト時間中はそれまで同様に『店長』と呼んでプライベートとの線引きをきっちりしてくれているし、以前と変わらず真面目に働いてもくれる。

プライベートでもこちらの呼吸を読んで、ごく自然に当たり前のように側にいてくれる。

洋食屋の手伝いや試験勉強があるときなどは実家に戻っているが、それ以外はほとんど和真の部屋に入り浸り状態だ。

それに伴い、和真の食生活はかなり向上した。

実家が洋食屋で調理師学校に通っているから、それなりに料理もできるのだろうとは思っていたのだが、モデル時代に美味いものを食べ尽くして舌が肥えている和真から見ても、菜人の料理の腕前はすでにプロ級だったのだ。

和真自身、ひとり暮らしをするようになってから、自慢できる程度には料理ができるようになっているのだが、菜人の料理の前では素人同然《しろうと》。洋食屋が忙しい時期には賄《まかな》い料理を作っていたとかで、今あるものだけで創作料理を作る術にも長《た》けている。

「今日の夕食は、多国籍風ピラフ・サイトスペシャルだ」

テーブルに出される料理には、茶目っ気たっぷりに手作りの旗まで立っていて、盛りつけもユニークだ。

どーだ参ったかと繰り出される料理は惚れた贔屓目なしにいつも美味しくて、参りましたと和真は手放しで褒め称えてやっている。

「胃袋をがっちり摑んじゃえばこっちのもんだ」

その度には菜人は、にやりとほくそ笑む。

(胃袋を摑む必要なんてないのにな)

そんなものを摑まれなくても、和真は菜人が可愛くてしかたない。

ちゃんとそれを口に出してはっきり言ったはずだし、はじめて身体を重ねたあの日以来、休日の前夜にはそれはもう濃厚に愛を注いでやっているのだが、なかなか菜人の心には染み込んでいかないようだ。

恋愛はより惚れたほうが負けだなどと言う者もいるようだが、そういう意味では自分のほうが確実に負けていると和真は確信している。

はっきり言って、菜人にふられたら、今度こそ抜け殻になる自信がある。

それぐらい菜人にはまっている。

ずっとひとりで孤独に暮らしてきた和真にとって、明るくて可愛い菜人の存在は、孤独な人生に灯《とも》った明かりのようなもので、まさに宝物そのものだ。

だから一緒にいられる時間が長ければ長いほど嬉しいのだが、あまりにもこっちに入り浸ってばかりいては、菜人の家族に変に思われるのではないかと少し不安でもあった。

話を聞いた限りでは、菜人は家族ととてもいい関係を築いている。

下手にこちらに引き寄せることで、そのバランスを壊してしまったり、奇妙に思われてゲイだとばれるようなことになってはいけない。

(俺みたいに絶縁されるってことは、まずないだろうが……)

だが、すんなりと認められることもないだろう。

いずれはカミングアウトするつもりだと菜人は言っていたが、その時期はもう少し先、社会人として自分が独り立ちした後を想定しているらしい。

その前に問題が起きないよう、年長者である自分が、もっと思慮深く行動しなければいけないだろうと和真は密かに考えていた。

そんな和真の懸念に、菜人が気づいていたかどうかはわからない。

ある日、菜人は唐突に宣言した。

「俺、和真に弟子入りしたってことになってるから」

バイトしているうちに興味が湧いてきて、パン職人になる修業をはじめたと家族に宣言してきたと菜人が言う。

師匠である和真の家に寝泊まりして、パン作りのイロハを常に間近に見て勉強中ってことにしてるからと……。

「『弟子入り』とか『修業』とかって言葉が、爺ちゃんの心の琴線に触れたみたいでさ。頑張って勉強してこいって応援されちゃったよ」

だから気が向いたらパン作りを教えてと言われたので、和真は深く頷いた。

「そういうことなら、さっそく教えてやる」

可愛い菜人に嘘をつかせるわけにはいかない。

そんなわけで最近は、暇を見てはちょこちょことパン作りを教えはじめている。

「パン作りって、案外、大変なんだね」

パンの種類によって小麦粉や酵母の種類を使い分け、季節によって発酵温度や時間も細かく変えていく。

和真が今までの経験で培ってきた細々としたノウハウを教えると、菜人は目をまん丸にして驚いて、きちんとノートにメモを取った。

（真面目でけっこう）

料理人の家庭で育ったからか、和真が教える個人であみ出したノウハウの貴重性を、菜人は言わずとも理解してくれているようだ。

目覚めたらすぐに厨房に行って、まず独料理店に納入する分のパンを焼き、その後店舗用のパンを焼いて、売り切れたら翌日の準備をしてから家に帰って寝る。

そんな単調で同じことの繰り返しだった和真の生活は、菜人という恋人を得たことで、劇的に日々変化し続けている。

安定した生活を好む和真だが、今のこの変化はとても好ましい。

手に入れたこの幸せを、より安定させ、定着させる為の変化だからだ。

（つき合う前は、子犬みたいな奴だと思ってたのにな）

以前、和真は菜人のことを、子犬みたいに好奇心旺盛で怖いもの知らずで、興味を引かれたら後先考えずに無理矢理にでも鼻面を突っ込んでくるタイプだと思っていた。

だが、こうしてつき合ってみると、これが全然違う。

無理矢理鼻を突っ込むような真似はせず、こちらの様子をちゃんと窺いながらタイミングを見はからい、するりとこちらの懐に潜り込んでくるような感じだ。

いつも自分と一緒にいたいと菜人が本気で思ってくれていて、その為にあれこれ知恵を——たまに思いっきり的外れだったり、悪知恵っぽいときもあるが——絞ってくれているのが、和真にはとても嬉しい。

(俺には、ああいう芸当はできなかった)

高校時代の和真は、はじめての本気の恋に浮かれてばかりで、思慮深い年上の恋人を困らせてばかりいたような気がする。

とはいえ、当時の和真は、今の菜人よりもう少し若かったのだが……。

(変な感じだ)

菜人と出会う前、和真はかつての恋人との記憶に極力触れないようにして生きてきた。

彼の記憶がEDに直結しているせいもあって、どうしたって思い出さずにはいられないし、忘れることもできなかったが、ふと彼の面影が脳裏に浮かんでも故意に見てみぬふりをして触れずにいたのだ。

自然に思い出せるようになったのは、きらきらした目でこっちを見る菜人に困惑しつつも、愛しいと思いはじめてからのような気がする。

(思い出になった……ってことなのか?)

嫌いになって別れたわけではないから、心は残っていた。

だからと言って、決してやり直すこともできないとわかっていて、ずっと中途半端に引きずり続けていたかつての恋。

微かな胸の痛みはあれど、懐かしいと思えるようになったことが少し嬉しい。

菜人が目の前に現れてから、すべてがいい方向に変化していっている。

どーんと体当たりしてきた新しい恋が、心に引っかかったままだった古い恋の残滓《ざんし》をも思いがけず押し出してくれたようだ。

(大事にしないとな)

大切な宝物を、今度こそ決して失わないように……。

☆

いつも菜人は、閉店した後に翌日の準備をする和真の仕事が終わるのを店で待ち、一緒にマンションに戻るのだが、この日は「先に行ってるから」とひとりで先に帰ってしまった。

そういうときは大抵ちょっと手の込んだ夕食が用意されていることが多い。

期待して帰った和真に、案の定菜人は得意気に宣言した。

「今日の夕ご飯はサイト特製餃子《ギョウザ》だ!」

ふたりで食べればニンニクだって怖くないと威張る。

「俺が皮から手作りしたんだ。凄いだろ?」

「おいおい、そういう楽しそうなことは俺にもやらせろよ。粉を捏《こ》ねたり伸ばしたりする作業は、絶対に俺のほうが得意だぞ」

「それもそっか……。じゃ、次は一緒に作ってよ」

「ああ」

和真が頷くと、共同作業ひとつゲット、と菜人が嬉しそうにはしゃぐ。

菜人はよくこんな風に、一緒にいられることがなにより嬉しいのだという気持ちを素直に表に出してくれる。

自分と同じ気持ちでいてくれることがわかって嬉しいし、一途に慕ってくれるその気持ちが愛おしくてたまらない。

（我ながら、はまってるなぁ）

菜人がなにかする度に、自分の目尻がでれっと下がるのを感じる。

なんて間抜け面だと呆れるが、特になおす気はない。

顔で商売をしているわけでなし、どうせ見るのは菜人だけだ。

幸せが顔に滲み出ているだけなのだから別にいい。

どうしてくれようっていうぐらい菜人が愛おしくてたまらないせいで、食べちゃいたいぐらい可愛いという気持ちが、最近もの凄くよくわかる。

とはいえ本当に食べるわけにはいかないので、別の意味で毎晩のように美味しくいただかせてもらっている。

頭のてっぺんからつま先まで、どこもかしこもちんまりと可愛くできている菜人を食べ飽きることはないが、ふたりの体格と体力の差を考慮して、平日はそれなりに食べ控えてやっている。

そのせいか、少々菜人の体力が余っているのかもしれない。

そこそこぐらいにお腹《なか》を満たして綺麗に後片付けもして、寒くないようにパジャマも着せてやってから、さあ後はゆっくり寝ようという段階になると、菜人がちょこちょこ悪戯《いたずら》を仕掛けてくるようになったから。

「こら、くすぐったいって」

和真は、こしょこしょっと脇腹《わきばら》をくすぐってくる菜人の手を掴んで止めた。

「大人しく寝ろ。授業中に居眠りしてもしらねぇぞ」

「大丈夫だって。明日はほとんど実習だし……。もうちょっとかまってよ」

「だから、ウザイって……」

なんて条件反射的に口走っても、すりすりっとすり寄ってくるその仕草が可愛くてたまらない。

和真は菜人を両腕で抱え込むと、よいしょと仰向けになってそのまま菜人を上に乗せた。

「実習だって言うんなら、明日は立ちっぱなしになるんだろう。なおさら、大人しく寝とけ」

な？　と真剣に言いきかせてみたのだが、菜人はまったく聞いちゃいなかった。

「和真って、ホント綺麗な顔してるよな」

きらきらした大きな目で、和真の顔にただ見とれてしまっている。

「……いい加減、見飽きろよ」

「無理。美人は三日で飽きるって、あれ、嘘だね。……はじめのうちは、そのうち飽きるだろうって思ってたんだけどなぁ」

「一目惚れした癖になに言ってやがる」

「あ、ばれてた？」

和真の指摘に、菜人はえへへっと照れくさそうに笑った。

「でもさ、あのときはホントにすぐに飽きると思ってたんだよ。——どうせ綺麗なのは顔だけで、中身はちゃらんぽらんに決まってるって」

「酷いな……。ここで働きたいって、必死こいて言ってなかったか？」

「それはバイト時間とか場所とかが、ちょうどよかったからだよ。このバイトは逃せないって、張り切ってたんだ」

とはいえ、営業時間が三時間程度だなんて、あまりにもふざけた営業形態だったから、きっと店主はやる気のない適当な奴に違いないと最初から思い込んでいた。

それで面接に来てみたら、その店主がとんでもない美形でびっくりしたのだとか。

「顔で商売してる系なのかなって最初は思ったんだ。そんなだったら、きっとすぐに失望して、一目惚れの熱も下がるだろうなって……。なのに、一緒に働いてみたら、和真ってばチャラチャラしたとこ全然ないし、仕事に関しては真面目だし、客に対してもちゃんと一線引いて誤解させないように対応してるし……。営業時間が短いのだって、別にサボってるんじゃなくて、この仕事を何十年と長いスパン、ひとりで続けていく為なんだろ?」

「そうだな」

言わずとも理解してくれているのが嬉しくて、和真は静かに微笑んだ。

「そういうのがわかってきたらさ、なんかどんどん逆に美形度が増してきちゃってさ」

「それはあれだ。惚れた欲目ってやつだろ?」

「そっかな?」

「そうだ。俺も、おまえを知れば知るほど、可愛くてしょうがなくなってきてるからな」

両手で頬を包んで、軽くキスをした。

つるっと綺麗に見えていたその頬には、よく見ると子供の頃に厨房で悪戯しててやったという火傷の跡がうっすら残っている。

やんちゃで好奇心旺盛な子供時代を想像できる、いいアクセントだ。

唇と額にキスをしてから目を覗き込むと、菜人はちょっと照れくさそうに笑った。

「和真ってさぁ、ホストになったら、すぐにナンバーワンになれると思うな」

「俺にそういう商売は無理だよ。歯が浮くような台詞《せりふ》で客をおだてまくって、いい気分にさせるなんて真似はできないからな」

「俺相手にやってるじゃん」

「おまえをおだてたことなんてないぞ。いつだって本心だ」

「またまたぁ、嘘ばっかり……」

「本当だって。俺の目には、おまえはとんでもなく可愛く見えてるよ」

世界一だと真顔で言うと、菜人は耳まで真っ赤になって、ばふっと和真の胸に顔を埋《うず》めた。

「やめてよ。……俺、そういう歯の浮くような台詞言われ慣れてないんだから」

「俺だって、こんな台詞言い慣れてないよ」

おまえにだけだぞと、艶々した黒い癖毛を撫でながら言ったら、手の下から、うぎゃーっと意味不明の声が聞こえてきた。

「どうした？」

「ほっといて。もう俺、ライフのゲージがゼロだから……」

よくわからないが、どうやらさっきのは断末魔の悲鳴だったらしい。

「はいはい、おやすみ」

真っ赤になったままの耳にそう囁いて、和真は部屋の明かりを消した。

「……おやすみなさい」

闇の中、小さく応じる声が愛おしい。
和真は腕の中にある温もりに安心して、静かに目を閉じた。

## 3

一度も菜人をデートに連れて行ったことがない。

そんな基本的なことに気づいたのは、つき合いはじめてから二ヶ月以上も過ぎた後だった。

基本的に和真はインドア派で、菜人さえ側にいればそれでもう満足だ。

だからと言って、菜人もそうだとは限らない。

（あいつ、乙女チックなこと好きそうだからな）

そう思いついて、すぐさま「そのうち、どこかデートにでも行くか？」と聞いてみたら、菜人は文字通り飛び上がって喜んだ。

「行く行く！　和真が連れてってくれるとこにならどこにでも行く！」

「俺に行き先決めろってか。そう言われても、デートなんてしたことねぇからなぁ」

困惑する和真を見て、菜人も不思議そうに首を傾げる。

「前の恋人とは、そういうことしなかった？」

「ああ、周囲にばれないよう、ずっと気を遣ってたもんで」

前の恋人、淳也が同じ学校の教師だったこともあって、デートなんて到底無理な話だった。

一緒に道を歩くことすらできなかったぐらいだ。

「ふーん。……今はばれてもいいってこと？」

「俺はかまわないよ。おまえが家族にカミングアウトするまでは、それなりに気を遣う必要はあるだろうけどな」

「うん。心配してくれてありがと」

にこっと嬉しそうに菜人が笑う。

和真が誘ったんだから責任持って行き先も決めてと菜人が言うので、最初は遠出とかはせず、とりあえず無難なところで外食にしてみた。

行き先は和真がパンを卸している独料理店、和真が作っているパンがどんな店で食べられているか、菜人に知っていて欲しいと思ったのだ。

「菜人、ブルーチーズ食えるか？」

「もっちろん。ビールも子牛もソーセージもアイスバインも食えるよ」

「はいはい」

本格的な独料理店に行くのははじめてだと言うので、とりあえず今回は有名どころのメニューを、菜人の望み通りに注文してやる。

それに加えて、当然ながら自分の卸したパンも一緒に注文した。

和真のお気に入りの食べ方は、この店の店主に特別にリクエストされて焼いている酸味の強いライ麦パンに、この店ご自慢のブルーチーズを添えるというやり方だ。

　俺もそれ食べるという菜人の口にパンを突っ込んでやると、市販のものよりずっと癖の強いブルーチーズがどうやら刺激的すぎたようで、まるでアヒルのような口になった。

「そ、そのうち慣れるよ。慣れたら、きっとこれだって美味しくなる」

「別に無理することないんだぞ」

「いーの！　和真が美味しいって思う味をちゃんと覚えて、この先も胃袋がっつり捕まえとくんだから」

「別に胃袋なんか捕まえてなくても、俺はどこにも行かないって」

な？　と笑いかけてやると、その顔に見とれたのか菜人は一瞬ぽうっとした後で、えへへっと嬉しそうに笑う。

「あのさ、和真がパン屋になろうって決めたきっかけってなに？」

「きっかけ？」

　きらきらと好奇心いっぱいの目で見つめてくる菜人の質問に、和真は口元に運びかけていたビールをテーブルに戻した。

　元々、サラリーマン以外で、ひとりでできる仕事に就こうとは思っていたが、沢山の職の中からなぜパン屋を選んだのか……。

「学生時代にバイトで海外に行ったときに食ったパンが美味かったってのが……いや……そ

うじゃないか」

異国の街角を歩いているとき、パンを焼く香りの香ばしさに釣られて、ついふらふらと小さなパン屋に引き寄せられた。それがはじまりだったような気がする。

「味じゃなく、香りだな。……たぶん、パンを焼くあの香りが懐かしかったんだ。休日の朝に母親が家でパンを焼くのが習慣だったから……」

家を追い出されてからは遠ざかっていたパンを焼く香りが、たぶん異国にいたこともあって余計に郷愁を誘ったのだろう。

「そうか。きっかけは、お袋だったのか」

「あれ～。もしかして和真ってマザコン？」

からかうような無邪気な口調で菜人が聞いてくる。

それに対して和真は、「それはない！」と思わず真顔で強く否定していた。

あまりにも強い否定っぷりに、目の前の菜人が目を見開いてびっくりしていたが、和真自身も同様にびっくりしてしまっていた。

「いや、怒ったわけじゃないんだ。ただ、ちょっと家族とは色々あったもんで……」

家族との問題は、自分の中でそれなりに割り切ったつもりでいた。

だが思わずこんな反応をしてしまうあたり、実際はそうでもなかったらしい。

自分の取り乱しぶりが恥ずかしくて、笑って誤魔化そうとしたのだが、菜人は自分がまずい話題に触れてしまったせいだと感じたようで、小さい身体をしゅんと更に小さくする。

「変なこと言ってごめん」

「だから、おまえが謝るようなことじゃないんだって……」

（ちゃんと説明しといたほうがよさそうだな）

そうしないと、この気まずさはきっと解消されない。

事情を知れば知ったで、聞いて楽しい話でもないから雰囲気が暗くなるかもしれないが、なにも悪いことをしていない菜人がしょんぼり落ち込んでいるよりはマシだろう。

「なあ、菜人。俺が実家から勘当されてるって話はしたっけか？」

「ううん、初耳」

「そうか。それも言ってなかったか。んじゃ、そっからか……」

これもいい機会だと、和真は、自分がどんな風に育ってきたのか、そして家を追い出されるまでの経緯を手短に話してみた。

なるべく暗い雰囲気にならないようにと気を遣ってみたのだが、菜人はどんどん深刻そうな顔になっていき、その眉間《みけん》に似合わない皺《しわ》を刻む。

「そんな顔するな。もう俺にとっては、どうでもいいことなんだから」

「……ホントに？」

「ああ。よそよそしい態度を取られちゃいたが、他の兄弟と待遇に差をつけられるようなこともなかったしな」

「そんなの当たり前だ。和真はなにも悪いことしてないんだからさ」

むっとしたように菜人が言う。

「……それもそうか」

(確かに、俺は悪くないよな)

菜人の言葉は、和真の胸にすとんと納まる。

家の中で腫《は》れ物扱いされてきたせいか、自分さえいなければ家庭内に波風が立つこともないだろうと、追い出される前から家を出ることばかりを考えていたような気がする。

では誰が悪いのかと考えれば、浮気した母親が一番悪いということになるのかもしれない。

だが、和真はそんな風に考えたりはしなかった。

自らが犯した罪に彼女が充分に苦しんでいるのがわかっていたから、わざわざ責めるような真似はしたくなかったのだ。

家の中にぎこちない雰囲気が流れる度に、辛そうに俯く姿を見ていられなくて、顔を背けたことなら何度もあったが……。

「なるほど……。確かに俺はマザコンだったのかもな。俺が腫れ物扱いされる原因を作ったあの人に対して怒りを向けたこともなかったし……」

「和真は優しいから」

「俺が優しい？」

「うん。だから、お母さんを追い詰めるようなことができなかったんだろ？」

きっとそうだよと、菜人がなぜか得意気に言う。

「よし。じゃあ、そういうことにしとくか」

「そういうことじゃなくて、そうなんだってば」

「はいはい。わかったよ」

菜人の剣幕に苦笑しながら頷く。

（話し相手がいるってのは、いいことだな）

菜人にマザコンだと突っ込まれなければ、すでに過去のことだと思っていた家族との軋轢に、自分がいまだに拘っていることに気づけずにいただろう。

パン屋になると決めたきっかけが、パンを焼く香りに郷愁を誘われたからだということにも……。

（プラマイゼロってことにしとくか……）

母親の犯した罪のせいで産まれながらに余計な重荷を背負わされはしたが、彼女が与えてくれた思い出が一生の仕事に巡り会うきっかけにもなった。

そのお蔭で、この先も生きていく糧を得られるのだから、もうそれでいい。

それでいいと自分の中で帳尻を合わせた途端、なぜか妙にすっきりした気分になった。

知らずに抱えていた家族への拘りから、今度こそ解放されたのかもしれない。

「和真が家を出たのが、ゲイだってばれたからだなんてちょっとショックだな。俺もカミングアウトしたら、そうなる可能性があると思う？」

「どうかな。一時的にぎこちなくはなるだろうが、おまえん家ならきっと大丈夫なんじゃないか」

「だといいけど……。とりあえず、そのときが来たら、先に姉ちゃんぐらいは味方につけとこ。──和真、兄弟と連絡は？」

「あの店を開いたときに、兄貴が一度だけ祝いの電話をくれたな」

「ふうん、そっか。お兄さん、和真のこと気にしてくれてるんだ」

よかったねと、菜人が微笑む。

「……そうだな」

兄から電話がかかってきたとき、今さらなんの用だと和真は思った。

家を出た弟が、新しくはじめた店で失敗したとしても実家に迷惑をかけないよう釘《くぎ》を刺すつもりではないのかと疑いもした。

だがそんなことはなく、言葉短く祝いを言われて、礼を言う間もなく電話は切れた。

一方的なその電話に、なんだったんだと首を傾げていたのだが……。

(それも、気にしてくれてたんだってことにしとくか)

そう考えていたほうが、きっと幸せだ。

笑顔が戻った菜人を眺めながら、和真はそう思った。


乙女チックなことが好きなのだから、きっと手を繋ぎたがるに違いない。

食事を終え、歩道に出たところで試しに手を差し出してみると、菜人は手を繋ぐどころか嬉しそうに体当たりしてきて、えへへっとそのまま腕に腕を絡ませてきた。

「あー、もうお腹パンパン」

「だな。——ほら」

身長差がありすぎて、傍《はた》から見たら腕にぶら下がっているように見えそうだ。

「まだ少し早いし、久しぶりに智士の店にでも行くか？」

「ジョバンニ？」

「そう。酒ならまだ入るだろ」

「入るけど……」

「けど、なんだ？」

妙に歯切れの悪い返事に、和真は菜人の顔を覗き込んだ。

「和真、俺とこういう風になってから、ジョバンニに行った？」

「いや、行ってないな」

元々あそこは、ひとりの夜の寂しさを紛らわす為に通っていたようなものだ。菜人を得た今は頻繁に通う必要もなくなったから、これからはたまに智士の顔を見に行く程度に通うことになるだろうと思っていた。

「じゃあ智士さんは、俺と和真がつき合いはじめたの、まだ知らないんだ」

「そうなるな」

「だったら、いきなり俺と一緒に行くのって、ちょっとまずくない？」

「まずい？　なんでだ？」

「なんでって……。いきなりツーショットは気まずい感じ」

「気まずい？」

言われている意味がわからず、和真は本気で悩んだ。

そんな和真を見て、「惚れられる側だから、和真にはわかんないのか」と、少し困ったように菜人が溜め息をつく。

「あのさ、智士さんって、和真のことずっと好きだったんだろ？」

「昔な。今はもう卒業したって言ってるぞ」

「それでもさ、やっぱり和真に恋人ができたら心穏やかじゃないと思うんだ。……その相手が、俺みたいな平凡なチビだったら余計にさ」

「俺みたい、は余計だ」

和真は、ぎゅうっと菜人の小さな鼻を摘《つま》んだ。

「おまえ可愛いんだから、もっと自信持てよ」

つき合う前までは十人並みぐらいだと思っていたが、惚れた欲目で、今では世界一可愛く見える。

それに菜人は、仕草や表情などがそりゃもう可愛らしいのだ。

(それって、つまり中身がいいってことだろ)

勤勉で真面目、いつも明るく、しかも一途で健気だ。

菜人が自分を卑下する理由などどこにもないと和真は思うのだが、本人はそういう風には思えないらしい。

痛いと泣き言を言うので鼻を放してやったら、少し赤くなった鼻を擦りながら、「ありがと」と菜人が小さな声で呟く。

「うん。——で、よくわからんが、未練が出るかもってことか?」

「そうじゃなくて……。なんていうか、こう……終わったとは言っても、片思いの相手や昔の恋人に新しい恋人ができたって聞いたら、やっぱ、どうしたって心穏やかじゃないって言うか、複雑な心境になるもんなんじゃないかなぁって思って……。和真だけならともかく、俺の前では、そういう動揺って絶対に見せたくないんじゃないかなって思うんだ」

仕事中じゃどっかに隠れることもできないし……と、菜人が小さく呟く。

「そういうもんかね」

経験がないだけに、和真にはいまいちよくわからなかった。

だがたぶん、菜人のほうが自分より人の心の機微を思いやる繊細さの持ち合わせが多いのも事実だ。

だから、とりあえず頷いてみた。

「わかった。今度、おまえが家に帰ってるときにでも、俺ひとりで行って先に報告してくる」

それならいいんだろう？　と聞くと、菜人はこくっと頷いた。

「面倒臭いこと言ってごめん」

「面倒臭くなんかない。俺は人づき合いが苦手なほうだしな。そういう助言は助かる」

「そう？」

菜人のえへへっと笑う声が聞こえて、腕にかかる重みがずしっと増した。

薄手のジャケットが必要な季節だけに、ぴったりくっつく人の体温は心地好《よ》い。

「だったら今日はこのまま帰るか。途中でちょっといいワインでも買って家飲みしよう」

「うん。俺、つまみ作るよ」

「いや、今日は俺が作る」

「和真が？」

「ああ。いつものお礼に、今日は俺がおまえにサービスしてやるよ。なにがいい？」

「なんでも！　和真が作るものなら、俺、どんなものでも食べられるから平気！」

「どんなものでもって……。ちゃんと食えるもの作ってやるから安心しろ。おまえほどじゃないが、俺だってそこそこ料理できるんだからな」

「そっか。あの部屋、最初から調味料が揃ってたもんな。和真が自分で料理してたんだ」

「他にいないだろ？　まあ任せとけって。手間のかかる料理はちょっと無理だが、つまみの類を作るのは得意なんだ」

楽しみだとはしゃぐ菜人を腕にぶら下げたまま、ゆっくりと道を歩く。

ひとりのときは長い足を活《い》かしてかなりの早足で歩くのだが、菜人と一緒だと自然にゆっくりになるようだ。

無意識のうちに、菜人の歩くペースに合わせているのだろう。

そんな自分に気づいて、和真はなんだかとても穏やかな気持ちになった。

菜人といると、ひとりでいるときには気づかなかったことが見えてくるし、感じることのなかった感情も湧いてくる。

それは、とても幸せな感覚だ。

たわいのない会話のキャッチボールを楽しみながら歩道を歩いていると、ふと視界の端に見慣れた顔が入ってきて、思わず足が止まった。

閉店後の銀行の前に佇《たたず》む男の顔に見覚えがあったのだ。

(……嘘だろ)

そこにいたのは、かつての恋人、淳也。

別れてから一度も会ったことがなかったのに、新しい恋人との初デートの日に、たまたま昔の恋人と街中で出会うだなんて凄すぎる偶然だ。

話しかけようか、それとも気づかなかったふりで通り過ぎようか？

和真は悩んだが、結論が出る前に、人待ち風に歩道を歩く人達に視線を巡らせた淳也と、ばちっと視線が合ってしまった。

こういうとき人並み外れて目立つ自分の容姿が恨めしい。

目が合ってしまった以上、やはり挨拶ぐらいはすべきだろう。

和真は、菜人を腕にぶら下げたまま淳也の前まで行った。

「やあ、和真。久しぶりだね」

こちらから話しかけるより先に、微笑みを浮かべた淳也がごく自然な口調で挨拶してくる。

穏やかなその声は昔のままだが、外見は少し変わっていた。

以前より髪が短めになり、以前はいかにも教師っぽかった服装がすっかり垢抜けて、知的な雰囲気が増している。

(いい感じに年を取った)

三十代になっても線の細さはそのままだったが、初々しい新人教師だった頃の気弱な感じがすっかり消えている。

充実した人生を送ってきているのだろうと思わせる、余裕のようなものも感じられた。

「久しぶり。……元気そうだ」

「まあね」

和真の腕にぶら下がっている菜人を見て、「恋人？」と淳也が聞いてくる。

「ああ」

「可愛いね。高校生？」

「いや、成人してる」

「えっ！　あ、そうなんだ」

ごめんね、と淳也が菜人に謝り、よく間違われますから、と和真にしがみついたままの菜人が妙に緊張した顔で答えている。

（悩むまでもなかったか）

穏やかな再会に和真はほっとしていた。

苦い別れではあったけれど、喧嘩したり憎み合ったりして別れたわけじゃない。

避ける必要などなかったのだ。

今も前と同じ高校で働いているのかとか、恋人はいるのかとか聞いてみたかったが、それはさすがにためらわれた。

たまたま偶然会っただけで、この先知人としてつき合うようになるわけじゃない。

別れた後も元気に暮らしているのだとわかっただけで、ここは満足すべきところじゃないだろうか？

それは、ほんの一瞬の逡巡《しゅんじゅん》。

和真の中でその結論が出る前に、視線を通りの先に向けた淳也が、そちらへ合図するかのように軽く手を上げた。

「じゃ、僕はこれで。待ち合わせの相手が来たみたいだから……」

会えて嬉しかったよと言い残して、あっさりと去っていく。

軽やかな足取りで向かう先には、淳也と同年代の落ち着いたサラリーマン風の男がいた。

あれはただの友達か、それとも恋人なのだろうか？

（……ああ、なるほど。そういうことか）

かつて恋した相手に恋人がいたら、その恋がもはや過去のものであったとしても心穏やかではいられない。

ついさっき、菜人が言っていた言葉の意味を、和真は自分自身の心の揺らぎで理解した。

（確かに、これは、ちょっとくるな）

ほんの少しだけ、心が切なく疼く。

だが、決して未練があるわけじゃない。

もう二度と取り戻せない幸せだった日々、その記憶の中のかつての自分の心が揺らいでいるだけ。

ただの記憶の残滓、昔の恋の名残のようなものだ。

少しばかり心にさざ波は立つが、大きく揺らいで現状に影響を与えるほどの力はない。

お互いに歩み寄って合流した後で、楽しげに会話しながら歩き去っていくふたりの後ろ姿を、和真はじっと見送った。

そんな和真を見上げ、「……和真？」と菜人がおそるおそるといった風に話しかけてくる。

「ん？」

「あれって、千葉淳也先生だよね？」

「ああ」

「知り合いだなんて凄い。どこで知り合ったの？」

「どこって……高校だけど」

「高校？　千葉先生、講演でも開いたの？」

「講演？」

なんだそれ？　と首を傾げると、菜人も真似して同じ方向に首を傾げた。

「だってそれ以外に、小説家の先生が高校に行く用事なんて思いつかないし……」

「小説家？　って、淳也が？」

「そうだけど……。知らなかった？」

「全然。俺が知ってる淳也は、高校の数学教師だったから」

「そういえば、経歴にそんなこと書いてあったかも……」

菜人が言うには、淳也は純文学系のそこそこ有名な小説家なのだと言う。

「俺は会ったことなかったけど、おおくぼ亭にたまに来てくれるらしいんだ。義兄《にい》さんが千葉先生のすっごいファンでさ、その度に大喜びしてる。俺も義兄さんに借りて本を読んだことあるよ。ちょっとレトロな雰囲気の小説でけっこう面白かった」

「……へえ。バリバリの理数系だったんだけどな。教師辞めて小説家になったのか」

教師になるのが子供の頃からの夢だったと言っていたのに、いったいどういう心境の変化があったのか。

その後、和真は菜人と一緒に目についた書店に寄って、千葉淳也名義の小説を手に取ってみた。

表紙を捲《めく》り、淳也の顔写真が添えられた著者略歴を見ると、教職を経て小説家デビューしたと書いてある。

しかもデビューしたのは別れた翌年だ。

（あの後、すぐに辞めたのか……）

その人生の岐路《きろ》に、自分との別れは影響しているのだろうか。

少し気になったが、それを知ったところで今さらなにが変わるわけでもない。

「もし読むんなら、家から持ってくるけど?」

「いや、いいよ。止《や》めとく」

和真は本を閉じ、再び書店の棚に戻した。

元々、小説の類はほとんど読まないのだ。

淳也がどんなものを書いているのか知ったところで、なんの意味もない。

わざわざ心を波立たせる必要はないだろう。

「帰ろう」

菜人を促して、外に出た。

ほら、とまた菜人に手を差し伸べてみたら、今度はそうっと腕を絡めてくる。

「和真、あのさ」

「ん?」

「和真って、高校生のときは周囲にカミングアウトしてないよな?」

「ああ、ばれたのは大学に入ってすぐだから」

「……だよね」

ぼそっと呟いて、菜人は視線をすうっと車道に向けた。

その顔には、さっきまでの笑顔がない。

(気づいたな)

淳也と自分のかつての関係に……。

はっきり事実を確認しようとしないのは、気を遣ってるからだろうか。

高校時代に恋愛絡みで色々あって、それ以来、誰ともつき合わずにきたのだということは菜人にも話してある。

ただ、淳也との間にあったことに関しては、あの事件に拘わることだけに色々と重すぎて、いまだに具体的なことは話せないままだ。

無邪気なようでいて、人の心の機微に敏感な菜人は、過去を語る和真の重い口調から、その話題には極力触れないようにしようと思ってくれているようだ。

それか、こちらが自発的に話すのを待っているか……。

(こいつに適当な嘘をついてもばれるだろうし、曖昧《あいまい》にしとくのもまずいよな)

自己評価が奇妙に低い菜人のことだ。

ひとりでこっそり悩んだり、落ち込んだりしそうだ。

そう思った和真は、淳也が昔の恋人であることを、菜人にはっきりと言ってみた。

「ふうん……。やっぱり、そうだったんだ」

きゅっと腕にしがみつきながら、菜人が呟く。

「向こうが教師でこっちが生徒で、高校卒業と同時に別れて、それ以来一度も会ってない。こんな偶然さえなかったら、この先も、もう会うことはないだろうな」

「教師と生徒かぁ……。禁断の愛だね」

「禁断か……。男同士だってところからして、世間から見たら禁断だったんだろうなぁ」

「その頃、和真はまだ未成年か……。もしかして、千葉先生ってそれで教師辞めたの？」

菜人が顔を上げて和真を見る。

「……え？」

「だってほら、高校時代に色々あったって言ってたじゃないか」

「ああ。いや、あれは、そういう意味じゃないから」

「じゃあ、どういう意味？」

「俺があまりにガキすぎて、うまくいかなくなっちまったって意味だよ。……ガキだった自分のあれやこれやを思い出すと、情けなくて恥ずかしくて、穴掘って埋まりたくなる」

「ふうん。……そうなんだ」

ふっと表情を消した菜人が、また車道へと視線を泳がせるのを見て、和真は久しぶりにざわっと鳥肌を立てた。

（この顔はまずい）

いつも明るい菜人が故意に表情を消すのは、マイナス方面に思考が向いているときだと、今までの経験からなんとなくわかってきている。

事実を打ち明けたほうがいいと判断したが、むしろ逆効果だったのか？

かつて好きだった相手の現在の恋愛事情を知って心穏やかでいられないように、今の恋人のかつての恋人の存在を知らされるのも辛いことだったのか？

自分だったらどうだろうと考えてみたのだが、経験がないせいもあって、どうにもよくわからない。

（もしかして俺って、けっこう無神経？）

思い返すに、いつも見て見ぬふりをしてばかりで、側にいる相手の気持ちを思いやって行動したことはほとんどない。

菜人の前にただひとりつき合った相手である淳也とは、彼が年上だったこともあって、ただ甘えてばかりいたような気がする。

（……参ったな）

ひとりで孤独に生きていたときには気にもしていなかった自分の欠点が気になるのは、今こうして側にいる菜人が大切で、絶対に失えないと思うからだ。

「おい、菜人、もう全部終わったことなんだからな」

どうしていいやらわからなくなった和真は、ストレートに菜人に訴えた。

「淳也とは完全に終わってる。未練なんてこれっぽっちもない。おまえが心配するようなことはなにひとつないんだ。変に勘ぐって、ひとりで勝手に悲しくなったりするなよ？」

気がつくと、菜人の肩を両手で摑んで顔を覗き込むようにして屈《かが》み込み、必死にそう言いつのっている自分がいた。

傍から見た人達が奇妙に思うかもしれないとか、人前でみっともないとか、そんなことを気にしている余裕すらない。

そんな和真を、菜人はきょとんとした顔で見上げた。

「急に、なに？」

「いや、なんか……おまえが凹《へこ》んでるみたいに見えたから……。変に誤解してたらまずいと思って」

「……そう見えた？」

「見えた」

「ふうん、そうなんだ」

きょとんとしていた顔に、徐々に笑みが浮かんでいく。

「だからってさ、こんな場所でいきなりそんなこと言うのって、なんか格好悪いよ？　和真は美形で目立つんだから、もっと自覚しなよ」

「うるせぇ。他人のことなんか気にしてられるか。——間を置いたら、まずいような気がしたんだ」

「なにがまずいのさ」

「なにがって……」

にやにやしだした菜人に追及されて、和真はぐっと言葉に詰まる。

だが、返事を期待してこっちをじっと見つめてくるこのきらきらした大きな目に負けて、渋々ながらも口を開いた。

「だから、おまえを凹ませたくないっていうか、変に誤解されたくもないっていうか……。ちょっとでもおまえと気まずくなるようなしこりは後に残しときたくないんだよ。――おまえに逃げられたかないからな」

気遣いなんて今までろくにしたことがなかっただけに、もしかしたら今、自分はもの凄く的外れなことを言っているのかもしれない。

なんとなく気恥ずかしくなって思わず顔を赤くした和真を見上げて、菜人がまたにやにやした。

「あれ～？　和真ってば赤くなってる」

「うるせぇ。酔ってるんだよ」

「ふうん。そう？」

そうだと頷くと、菜人はえへへっと笑いながら、腕に強くぶら下がってきた。

「和真ってさ、たまに凄く不器用だよね。俺が和真から離れるわけないじゃん。ほんっとーに大好きなんだからさ」

「そうか？」

「そうだよ。――あのさ、和真」

「なんだ？」

「和真ってさ……」

そう言ったきり口を閉ざし、続きを言おうとしない菜人の顔を、和真は「俺が、なんなんだよ？」と覗き込んだ。

「いや、あのさ……。和真ってさ、もしかしたら、俺が思ってるより、ずっと俺のこと好きなのかなぁって思って」

菜人が言いづらそうに口ごもりながら聞いてくる。

ちょっと不安そうに見上げてくる大きな目は、緊張しているのか、いつもより瞬きの回数が多い。

（……なかなか、気持ちってのは通じないもんなんだな）

誰よりも可愛くて、こんなにも大切に思っているのに、どうしてすんなりこの想いが伝わってくれないのだろう。

少し歯痒い気持ちになりながら、和真は不安そうな菜人の髪をくしゃっと撫でた。

「おまえがどう思ってるのか知らないけどな。かなり、というか、ものっ凄く好きだぞ。おまえがいなくなったら、俺は即座に抜け殻になれる自信があるよ」

「なにそれ」

大袈裟《おおげさ》だなぁと、菜人が笑う。

「大袈裟じゃない。本当だ」

「そう？　……でも、きっと俺のほうが和真よりずっとずっと好きだよ」

「張り合う気か？　生意気な」

ちょいと鼻を摘む真似をしてやったら、菜人は「やめろよ」と、はしゃいだ笑い声をあげながら和真の腕に顔をくっつけて逃げた。

（ああ、可愛いな）

腕にかかる重みと温もりが、なんともいえず心地いい。

触れ合ったところから体温がお互いにじんわりと伝わるように、菜人を愛しいと思うこの気持ちも菜人の心にすんなり染み込んで伝わればいい。

和真はそんな風に思っていた。

# 4

「……ぁあ?」

ゲイバー、ジョバンニのカウンターの中で、智士《さとし》が綺麗《きれい》な細い眉《まゆ》を思いっきり凶悪にひそめて、それはもうたいそう柄の悪い声をあげた。

普段は温厚なマスターの恐ろしい変貌《へんぼう》ぶりに、すぐ側で働いていたバーテンダーがギョッとしたような顔をしている。

(怖ぇ)

長いつき合いだが、癒《いや》し系美人と評判の智士のこんな凶悪な顔をはじめて見た。

つまりはそれだけ、菜人《さいと》とつき合いはじめたという和真《かずま》の報告が気に障ったってことだ。

もう和真への想いは卒業したと公言していても、やはり過去の記憶が今現在の心を揺らしてしまうものなのか。

(マジで菜人と一緒でなくてよかった)

菜人がこの場にいたら、きっと心底びびって、きゅうっとコンパクトになっていただろう。

「……和真がショタコンだったとはね」

「ショタじゃねぇよ。あれであいつは二十歳越えてる」

「年齢じゃなく、見た目のことを言ってるんだよ」

小柄なせいで未成年に見られるのは当たり前、服装によっては中学生にも間違えられることがあるという菜人だけに、これは否定しづらい鋭い指摘だ。

和真は一瞬ぐっと言葉に詰まったが、ここで引いたら不名誉な濡《ぬ》れ衣《ぎぬ》を着せられてしまうと、負けじと口を開いた。

「俺があいつの前につき合ってた人は、大体おまえぐらいのサイズだったぞ」

「……へえ、そうなんだ」

智士は目を眇《すが》めて、軽く和真を睨《にら》みつける。

が、次の瞬間には、深く溜《た》め息をついて肩を竦《すく》めた。

「和真が前につき合ってた人のことを口にするの、はじめて聞いたよ」

「そうだったっけか？」

「うん。いつも馬鹿《ばか》のひとつ覚えみたいに本命なんかいないって言ってばっかりだったし……」

あの子がいるから言えるようになったってことなのかな？　と独り言のようにぼそっと呟《つぶや》きながら、智士はカクテルグラスを和真の前に滑らせる。

（なるほど）

確かに今まで、淳也《じゅんや》のことを口にしたことはない。

元々、自らの心の内を人に話すようなタイプではなかったし、特に淳也のことは、自分でも簡単には触れられない過去だったから……。

(乗り越えられたってことか?)

偶然再会したときも、思ったより穏やかに話ができた。

その間ずっと、腕にしがみつく菜人の温《ぬく》もりを感じていたお蔭《かげ》かもしれないが。

「最近、うちに顔出さないなと思ってたら、そういうことだったとはね。——まあ、あの子ならいいいんじゃない」

「そう思うか?」

「うん。いい子っぽかったし……。——で、今日はあの子どうしたの? 後から来る?」

「いや、今日は来ない。おおくぼ亭の古参の従業員がぎっくり腰になったとかで、昨日から家に帰ってる」

「帰ってるって……。もう一緒に暮らしてるの?」

「ずっとってわけじゃねぇけど、まあ、家にいるほうが多いかな」

「呆《あき》れた。部屋に他人は入れたくないんだとか言って、ずっと人を寄せつけなかった癖に、解禁になった途端これだなんて」

「そんなこと言ってたっけ?」

「言ってたよ。大学の頃から、ず〜っと」

こんなことなら、大学時代に無理矢理にでも押しかけてやればよかったと、智士が物騒なこと言う。

そんなことをされていたら、なんだかんだ揉《も》めたり傷つけたりで、貴重な友人を失っていた可能性もある。

そうならなくてよかったと、和真は密《ひそ》かに胸を撫《な》で下ろしていた。

「次はあの子と一緒においでよ。——僕の奢《おご》りで飲ませてあげる。……吐くほどね」

「おいおい、物騒なこと言うなよ」

「喧嘩《けんか》売ってるわけじゃなくて、これは単なる通過儀礼みたいなものだよ」

「なんだ、それ？」

「あの子は僕が和真に夢中だったことを知ってるからね。そのせいで変に気を遣われないよう、最初にちょっと意地悪してやったほうが、きっとこの先スムーズにつき合っていけるよ。そこに触れないで単純にお祝いしただけじゃ、お互いに変なしこりが残るような気がするんだ」

「そういうもんなのか……」

対人関係の機微に疎《うと》い和真にはピンと来ないが、たぶん悪くない案ではあるのだろう。

少なくとも智士は、菜人を和真の恋人だと認めようとしてくれている。

（とりあえず、まあ、よかったんだよな）

今まで通り菜人を連れてこの店に通えることになんとなくほっとしていると、「……でも」と、智士が言葉を継いだ。

「たぶん、気遣いが半分で、残りの半分はやっぱり腹いせかも……。——悪酔い二日酔いは覚悟しておいてね」

ふたりともだよ、と智士が凶悪な顔で微笑《ほほえ》む。

「……変なもの飲ませるつもりじゃないだろうな」

勘弁してくれと、和真は本気でびびっていた。

☆

おおくぼ亭の従業員のぎっくり腰はかなり重傷で、けっきょく菜人は本格的に実家の手伝いに回らなければならなくなった。

その間、ブロートでのバイトは休みだ。

菜人を雇うまでは和真がひとりで回していた店だから忙しくてもなんとかなるが、ちょろちょろと元気に動き回る姿が店にないとどうも物足りないし、なにより寂《さび》しい。

常連のお客さん達からは、あの小さな子はどうしたの？　等と聞かれたりもした。

菜人がこの店にしっかり定着しつつあるってことなんだろう。

それはとても喜ばしいことだ。

そして今日、十日ほどの休みを経て、やっと菜人がバイトに復活してくる。

開店前の店の中、焼き上がったばかりのパンを丁寧に棚に並べながら、和真は気持ちが浮き立つのを感じていた。

携帯で声は聞いていたが、久しぶりにちょろちょろと元気なあの姿を見られると思うと嬉《うれ》しくてしかたない。

菜人もきっと同じで、学校が終わると同時にブロートにダッシュでやってくるはずだ。

そんな期待をしながらそばだてていた耳に、裏口の鍵《かぎ》を開ける微《かす》かな音が届いた。

(来たか)

手に持っていたトレイをカウンターに置いて微笑みながら待っていると、裏口から控え室を抜けてきた菜人が、バンッと勢いよく店のドアを開けて顔を出す。

「和真、久しぶり!」

どーんと勢いよく体当たりしてきた菜人を、和真は両手を開いて受けとめた。

だが、その顔に浮かんでいた笑みは、菜人の顔が視界に入ると同時に消え失《う》せた。

満面の笑みを浮かべている菜人の左の頬《ほお》が、不自然に赤く腫《は》れているせいだ。

「菜人、おまえ、その顔……」

虫歯で腫れたとか、そういう腫れ方ではなかった。

一部鬱血《うっけつ》している部分もあって、まるで拳《こぶし》で殴られでもしたかのようで……。

(あのときの、淳也の傷に似てる)

そう感じた瞬間、和真はまるで自分が殴られでもしたかのような酷《ひど》いショックを受けた。

と、同時に、ぞわっと全身に鳥肌が立つ。

(嘘《うそ》だろ。また……同じことが?)

反射的に、かつての悪夢が脳裏をよぎって、心底肝が冷えた。

「他は? 他には怪我《けが》してないか?」

甦《よみがえ》った過去の記憶に焦りまくった和真は、血相を変えて菜人の服の袖《そで》をまくり上げてその手首を見た。

次いで、服もたくし上げて胸や腹も見る。

(……ない)

以前、淳也の手首や身体《からだ》に残っていた暴力の痕跡《こんせき》は、そこにはない。

つるりとした綺麗な肌に、ひとまずほっと胸を撫で下ろす。

「え、ちょっ……和真。なに? どしたの?」

久しぶりの再会を喜ぶどころか、いきなり怖い顔で服をまくり上げた和真の慌てぶりが菜人には理解できないのだろう。

なにが起こっているのかわからないと言わんばかりの不安顔で、おろおろと和真を見上げている。

「……いや」

淳也とのことをなにも話していないだけに、菜人の頬の腫れ具合に、かつての恋人の身を襲った暴力を連想したのだとは言えるはずもない。

「悪い。びっくりさせたな」

菜人の服を直してやってから、艶々《つやつや》の癖毛をくしゃっと撫でてやる。

「他にも怪我してるんじゃないかって心配になったんだ。……で、なにがあったんだ？　喧嘩か？　これ、殴られた跡だろう？」

菜人の頬に伸ばしかけた手を、触れる寸前で止める。

赤く腫れた頬は触れただけでも痛そうで、どうしても怖くて触れなかったのだ。

「喧嘩じゃない。お客さんにやられたんだ」

「客って……。おおくぼ亭の？」

「うん。店に来る前からけっこう酔っぱらってた客がいてさ。店内でちょっと大騒ぎしたもんだから、さりげなく注意したらいきなり立ち上がってガツンと」

菜人が自分で拳を作って自分の頬を叩《たた》く真似《まね》をする。

「可哀想に……。怖かっただろう？」

頬に触れられない代わりにもう一度髪を撫でてやると、菜人は嬉しそうに目を細めた。

「怖いっていうより、びっくりしたよ。まさか殴られるなんて思ってなかったし……」

いつもは気丈な菜人の姉が悲鳴をあげ、殴られた菜人を抱き締めて離さなくなったり、厨房《ちゅうぼう》にいた父親や義兄《あに》達が来て暴れる酔っぱらいを拘束したりと、店内はそりゃもう大騒ぎになってしまった。

殴られたことより、他のお客さん達の迷惑にならないよう、興奮している家族達を宥めるほうが大変だったんだと菜人は言う。

「それで、そいつ、どうしたんだ？」

「たぶん今ごろ、足がなくなってると思う」

「足？　って……ああ、爺さんの説教か？」

「そ」

泥酔している状態では話にならないと、昨夜はその客の連絡先だけ聞き取って、一緒に来店していた友人達に連れ帰ってもらったのだとか。

そうしたら、酔いが醒《さ》め正気に戻った当人が、朝一番に店まで謝罪に来たのだそうだ。

「警察には？」

「殴られたっていってもほっぺたが腫れてるだけで歯も顎《あご》も無事だし、そのお客さんも反省してるみたいだったから、警察沙汰《ざた》なんて大事にはしないよ。爺ちゃんの鬼の説教で充分」

「それでいいのか？　身体の怪我はたいしたことなくても、後から、その……ＰＴＳＤとか、その手の後遺症が出る場合だってあるんじゃないか？」

「俺は平気だよ。和真ってば大袈裟《おおげさ》」

大丈夫だって、と菜人が明るい顔で笑う。

その笑顔を見ていると、心配しまくっている自分がなんだか滑稽《こっけい》に思えてくるほどだ。

（前のときとは違うのか……）

同じ暴力でも、そもそも種類が違う。

それに、おおくぼ亭には菜人の両親や姉夫婦もいる。

味方が大勢いる場所での事件だから、殴られた直後でも、きっとそれほど不安は感じずに済んだのだろう。

「大丈夫ならいい」

「うん」

「でも、けっこう痛そうだな。湿布でもしといたほうがいいんじゃないか？」

「さっきまで貼ってたんだけど、店に湿布の臭《にお》い持ち込みたくないから学校ではがしてきたんだ。バイト終わったらまた貼るよ」

「湿布の臭いぐらい気にしなくていいぞ」

「俺は気にするの！　和真が丁寧に焼いたパンの香りに湿布の臭いが混ざったら嫌だもん。

——でも、心配してくれてありがと。俺、嬉しいよ」

菜人は嬉しそうな顔をしたが、ハッとしたように時計に目をやると急に焦りだした。

「やばっ！　開店時間になる」

急がなくちゃとパタパタと控え室に消え、着替えて戻ってきたときには、その顔にマスクをかけていた。

殴られた頬をマスクで隠してお客さんを驚かせないようにとの気遣いなのだろう。

普通の大人用のマスクっぽいが、菜人の顔が小さいせいで目の下から顎の下まですっぽりと完全に覆ってしまっている。

「随分大きいマスクだな。子供用のを買ったほうがよかったんじゃないか」

ただでさえ小柄で童顔なのに、そうやって大きめのマスクをかけていると本当に子供みたいだし、元から大きな目も引き立って滅茶苦茶可愛《めちゃくちゃかわい》い。

ついつい笑みを浮かべてからかうと、マスクの下の頬がぷくっと少し膨らんだ。

「いくらなんでも、それじゃほっぺたが隠れないよ。——店長、ふざけてないで店を開いてくださいっ」

常連さんが店の前で待ってますよと、バイトモードに切り替えた菜人が言う。

（……いつも通りだ）

開店した店の中、菜人がくるくると楽しそうに働いている。

変わらない幸せな日常が戻って来たことに、和真は心底安堵《あんど》した――つもりだった。

その夜、十日ぶりに和真の部屋に来た菜人は、楽しそうに手料理を振る舞ってくれた。

夕食を食べたらいつものようにふたりで後片付けをして、いつものようにソファに座って珈琲《コーヒー》を飲みつつ、テレビでバラエティ番組を見ながらとりとめのない話をする。

画面の中でタレントの話す内容にふたりで笑ったり、奇抜なCMの画面に釘《くぎ》付けになって、あれはCGなのかリアルなのかと話したり……。

ひとりで見ているときには冷ややかに眺めているだけの番組でも、ふたりだと不思議と笑える。

菜人といると、自分の心が明るく、柔らかくなる。

以前はひとりでいてもまったく苦じゃなかったのに、この十日間の菜人の不在は正直酷く堪《こた》えた。

退屈でいつも手持ち無沙汰《ぶさた》で、日が過ぎるごとに部屋の静けさが妙に気になってたまらなくなっていた。

（こいつがいるのが当たり前になってるんだな）

するりとこの部屋に馴染《なじ》んで、当たり前のようにぺたっとくっついて隣に座っている可愛い恋人。

恋人と呼べる関係になる前は、菜人が側にいると妙に落ち着かない気分になったものだ。だが今は逆で、側にいてくれないと落ち着かない。

十日離れてみて、改めて自分がどんなに菜人を愛《いと》しく思っているのかを認識しなおしたような気がする。

すっかり見慣れてしまった艶々した黒い癖毛を見つめていると、視線に気づいたのかテレビを見ていた菜人が「ん？」と不思議そうに首を傾《かし》げて和真を見上げた。

「なに？」

「いや……。おまえがちょっと有り得ないぐらい可愛いからさ。天使が実在してたら、きっとこんな感じなんだろうなって思ってた」

「な、なななななに言ってんだよ」

思ったことをそのまま口にしただけなのだが、菜人はぼわっと顔を赤くした。

「急におかしげなこと言って……。――あっ！　もしかして、俺がいない間に、俺のご機嫌とらなきゃならないような悪さをしたんじゃないだろうな⁉」

「子供じゃあるまいし、どんな悪さをするって言うんだよ」

和真は笑いながら、なぜか真っ赤になって怒っている菜人の髪をよしよしと撫《な》でて宥《なだ》めてやった。

「ご機嫌とりなんかしてないよ。ただ思ったことを言っただけだ」

よいしょと菜人を膝《ひざ》の上に抱き上げて、湿布を貼っていないほうの頬に唇を押し当ててから、頬ずりしてみる。

二十歳を過ぎた今でもほとんど髭《ひげ》が生えないらしく、菜人の頬はつるつるのすべすべで気持ちがいいのだ。

「ホントに？」

「ほんとほんと。おまえがいない間は、その分だけ店のほうも忙しかったし。出掛けたのなんて、智士の店に行ったぐらいだ」

「ならいいけどさ。……和真みたいな男前が彼氏だと、色々心配で大変だよ」

「心配？　……って、さっきの悪さって、浮気の心配をしてたのか」

遅ればせながらも菜人の真意に気づいた和真は、ちょっと呆れてしまった。

「馬鹿だなぁ。おまえがいるのに、俺がよそ見するわけないだろう」

「和真がよそ見しなくても、ちょっかい出してくる人はいっぱいいるだろ？」

「ちょっかい出されたって気持ちは動かないよ」

長年ＥＤだったせいもあって、自分に向けられる好意に気づかないふりでスルーするのは得意分野だ。

「俺は遊びも浮気もしない。最初からそう言ってるだろ？」

「うん。でも……」

「でも？」

なにやら口ごもってしまった菜人を促してみたのだが、菜人は「……なんでもない」と首を振って、和真の胸にばふっと顔を押し当ててくる。

「よしよし」

条件反射的に艶々の癖毛を撫でて、背中を優しく抱き寄せる。

すっぽり腕の中に収まるこの愛しい温もり以上に大切なものなんてない。

この温もりを失うつもりはないし、裏切るつもりもないのに、菜人はなかなか安心してくれないようだ。

(案外、焼き餅《もち》妬《や》きなんだな)

愛されているからこその焼き餅だと思えば、ちょっとぐらい拗《す》ねられても全然平気だ。

だが、焼き餅を妬いている菜人にとっては、この状況は精神衛生上あまりよろしくないことなのだろうなとは思う。

(早く納得してくれりゃいいのに)

自分が、どんなに深く愛されているかを……。

わかってもらう為の努力は惜しまない。

その為のスキンシップにだって手を抜かない。

というか、こうしてくっついてさえいれば、自然にその気になってくるのだが……。

（……って、あれ？）

ぐずる子供みたいに、額《ひたい》を胸にぐりぐりと押しつけてくる菜人の髪を撫でていた和真は、ふと自分の身体の変調に気づいた。

いつもだったら、こうして菜人の体重と体温を感じた時点で、下半身が軽く疼《うず》きはじめるのに、なぜか今日はそれがない。

今すぐにでも胸から菜人の顔を引っぺがし、ソファに押し倒してキスをしたいと心では思っているのに、身体のほうは妙に落ち着いて、しんとしたまま。

この不穏な感じには、恐ろしいことに覚えがあった。

（あのときも……）

かつて淳也を抱けなくなったときも確かこんな風だった。

愛する人の身体を抱き締めたいと気持ちがはやっても、身体はピクリともしない。

そんな嫌な記憶が脳裏に甦ってきて、和真はぞわっと鳥肌を立てた。

髪を撫でる手が急に止まったことを不信に思ったのか、菜人が顔を上げる。

「……和真、どうしたの？　なんか、顔色悪いけど……」

大丈夫？　と心配そうに見上げてくる身体を、和真は衝動的に強く抱き寄せた。

（そんなはずがない！　気のせいだ）

可愛くてたまらない恋人の身体を抱き締めればきっと回復するはずだと、和真は菜人の唇に唇を深く押し当てた。

薄くて柔らかな舌を搦《から》め捕ってその甘い感触を存分に楽しみ、キスの深さに比例するように徐々に力が抜けていく小さな身体の反応を楽しむ。

いつもだったら、もうこの時点で徐々にこちらの熱も上がっていくところだ。

だが困ったことに、今日はまるで変化がない。

(嘘だろう)

そんな馬鹿なと焦ってキスを深めれば深めるほど、互いの体温の差が気になりだす。

長いキスの後、軽く汗ばみ、くたっとなってしまった菜人の頭を胸に抱き寄せながら、和真はゾッとして冷や汗をかいていた。

(なんで、急に……)

嫌な予想は、どうやら当たってしまったようだ。

こうなった原因として思い当たる節はひとつだけ、殴られて腫れた菜人の頬だ。

あの傷跡に、かつての淳也の姿をつい連想してしまったこと。

(あれはレイプで受けた傷じゃないってのに……)

それがわかっているのに、なぜこんなことになってしまうのか?

あの事件を連想させる頬の腫れさえ引けば元に戻るのだろうか?

「和真、痛い」

混乱している和真の腕の中で、菜人が苦しそうに身じろぎした。

失いたくないと強く思うあまり、無意識のうちに力一杯菜人を抱き締めてしまっていたようだ。慌てて腕の力を弱めると、菜人ははふうっと息を吐きながら顔を上げた。

「やっぱり顔色悪いよ。どうかした？」

「少し頭痛がするせいかもな。この一週間けっこう忙しかったから、ちょっと疲れたんだろ」

本当のことを言うわけにもいかずしかたなく仮病を使う。

たいしたことないよと安心させるように微笑んで見せたのだが、逆効果だったようで菜人はむしろ慌てだした。

「一時的な疲れだったらいいけど、季節柄風邪かもよ？　今日はもう大人《おとな》しく寝ちゃいなよ。生姜《しょうが》湯作ってやるからさ」

「生姜湯より、卵酒のほうがいいな」

「わかった。任せといて」

ほら早く寝てと、菜人に追い立てられるように軽くシャワーを浴びてからベッドに入る。

「熱はないみたい」

卵酒を持ってきた菜人は、和真の額にぴたっと手の平を当てて呟いた。

「頭痛薬とか飲む？」

「いや、薬は苦手だ」

「そっか。じゃあ、卵酒飲んであったまったらすぐに寝なよ」

汗をかいたときの為の着替えとタオル、すぐに飲めるように枕元には水のペットボトルと、菜人が部屋の中をひとりでくるくると動き回っている。

家族とはよそよそしい関係だったから、具合が悪くなってもこんな風に甲斐甲斐《かいがい》しく側で面倒を見てもらったことなどなかった。

菜人の優しい気持ちは素直に嬉しいが、健気《けなげ》なその姿を見ていると、仮病を装っていることへの罪悪感がむくむくと湧《わ》いてくる。

しばらくして、するべきことをすべて終えたらしい菜人が、すとんとベッドに座った。

「今日は俺、泊まらないほうがいい？」

「は？」

「ひとりのほうがゆっくり眠れるようだったら、まだ電車も動いてるし帰るけど……」

「駄目だ！　いてくれ」

思いがけない菜人の遠慮がちな言葉に、和真は慌てて菜人の腕を摑《つか》んで引き止めた。

十日ぶりに会えたのに、こんなにあっさり帰られてたまるものかと慌てる和真に、菜人はきょとんとした顔になる。

「いてもいいならいるよ」

「いいに決まってる。おまえ、俺より体温高いから、湯たんぽ代わりになってくれ」

「俺が湯たんぽ？」

「ああ」

ほら来いと腕を広げると、菜人は嬉しそうにベッドに潜り込んできた。

「朝まであっためてやるよ」

「是非《ぜひ》そうしてくれ」

ぎゅうっと胸にしがみつく菜人の髪を撫でながら、和真は微笑む。

これが本当に風邪だったら、うつさないよう菜人と距離を置かなきゃならなかった。

仮病でよかったと思いつつ、同時になんとも言えない不安感にも襲われていた。

こうしてベッドの上で菜人を抱き締めていても、やはり下半身は一向に反応しないからだ。

（……もしも、このポンコツぶりが一時的なものじゃなかったら？）

菜人との関係はどうなるのだろう？

淳也のときのように、徐々に気まずさや辛《つら》さが積み重なり、ふたりの間がぎこちなくなってきて、やがては別れなければならなくなるのだろうか？

（それだけは……嫌だ）

この身体の不調が一時的なものでありますようにと、和真は心から祈った。

☆

『和真、もっとキスして……』

微かに夏の日焼けの残る菜人の肌は、艶々でさらりとして触り心地がいい。

抱き寄せて深くキスしながら、その肌触りを楽しんでいると、さらりとした肌が徐々に熱を帯びてしっとりとした触り心地に変わる。

小さな唇はふっくらとして弾力があって、散々キスして赤みが増すと食べてしまいたくなるほど美味《おい》しそうに見える。

興奮してくるにつれ、いつもは好奇心いっぱいにきらきらしている黒目がちの目が、とろんとして涙目になるのもいい。

『……んっ。……それ、きもちい……』

普段はキビキビと小気味よく動く身体は、快感が募ってくると気怠《けだる》げに動きを鈍らせる。

肩に食い込む指先の力、もっと奥まできてと絡んでくる足。

『かずま……あっ……も……いく……』

達《い》く瞬間、切なげに眉根を寄せるその表情は最高だ。

肌が馴染むにつれて、ベッドの上での菜人はその色艶を増していく。

自分がこんな風に変えていっているのだと思うと、満足感に胸が満たされて幸せな気分になれる。

「……くそっ」

シャワーに打たれながら、和真は自らをしごいてフィニッシュを迎えていた。

脳裏に思い描くのは、記憶に残る菜人の可愛らしい痴態の数々だ。

こうして妄想しながら自分ですれば立派に機能するというのに、実際に生身の菜人を抱こうとすると、困ったことに和真のそれはいまだにピクリともしない。

最初のうちこそ体調が悪いと言ってなんとか誤魔化《ごまか》していたが、それが何度も続くとさすがに菜人も異変に気づく。

「あの……さ。……あの……俺相手じゃ、もうその気にならなくなっちゃった?」

「まさか。そんなわけないだろう」

おずおずと悲しそうに聞かれて、和真はざわっと鳥肌を立てながら思いっきり否定した。

むしろ、抱きたくて抱きたくてたまらないのだ。

恥を忍んで、以前のようにEDに戻ってしまったことを告白したら、「前みたいに?」と菜人は不思議そうに首を傾げた。

「前にも言っただろう。おまえとこうなる前は、ずっとEDだったんだって」

「確かに言われたような気がするけど……。でも、冗談だと思ってた」

「こんなみっともない冗談を言うわけないって。マジだ」

「ふうん……。じゃあ、俺に飽きたとかじゃないんだ」

「飽きるわけないだろうが」

和真がそう断言すると、菜人は「それならいいけど」と微笑む。

「だったら俺、口でしてやるよ。時間かけて刺激したら、ちょっとは反応するかもしれないしさ」

「いや、いい。たぶん、それでも駄目だと思う」

その手の企みが無駄だってことは、淳也とのときに経験済みだ。

長時間かけて頑張ってもらっても無駄だったときの、あのなんとも言えない気まずさを味わうのは、もう二度とごめんだった。

「だったら、前立腺《ぜんりつせん》マッサージは？」

「は？」

「そっちを刺激したら、反応するかもよ？」

きっと試してみる価値あるよと、菜人が指を不気味に動かしながらじりじり迫ってくる。

「い、いや、それもいい。気持ちだけありがたく受け取っておくから」

和真は慌てて、迫ってくる菜人の両手をがしっと掴んでブロックした。

普段自分がやっていることとはいえ、自分がされるほうに回るとなると、こういうことはなかなか心理的なハードルが高いのだ。

気まずそうに苦笑いしている和真を見て、菜人はぷうっと膨れた。

「人の身体は散々弄《いじ》くり倒してる癖に、されるほうは駄目だなんて」

「悪い。……でもまあ、それやって勃《た》ったとしても一時的なもんで、根本的な問題解決にはならないから……」

「和真、EDになった原因に心当たりがあるんだ？」

菜人が真剣な表情で聞いてくる。

その目は、いつものきらきらした好奇心旺盛なそれではない。

心から心配してくれている菜人の気持ちが透けて見える、とても真摯《しんし》なものだった。

「ああ」

和真はためらいながら頷いた。

真剣に話を聞こうとしてくれている菜人に、すべてを打ち明けて、その意見を聞いてみたい気はする。

根っから明るくて前向きな菜人は、和真とはまったく違うアプローチで物事を捉《とら》えるから、もしかしたら現状を打開するヒントをもらえるかもしれない。

だが、事情を口にするのは、どうしてもためらわれた。

（せめて菜人が、淳也のことを知らなかったら……）

それなら、きっともう少し話しやすかっただろう。

淳也だって小説家としての体面があるだろうし、我が身を襲った不幸を知られたくはないだろうから、勝手に話してはいけないような気がするのだ。

決して菜人を信用していないわけじゃない。

だが、デリケートな問題だけにどうしても慎重にならざるを得ない。

「……俺には言いにくいこと？」

そんな和真の逡巡《しゅんじゅん》が透けて見えたのだろう。

菜人が、ちょっと寂しそうに聞いてくる。

「悪い。……俺だけの問題じゃないから、ちょっとな」

「そっか……。——うん、わかった！」

なにかを振り切るかのように、菜人が勢いよく頷く。

「治るまで気長に待つよ。っていうか、治らなくても別にいいよ。浮気の心配をしなくていいから、むしろ気が楽だし」

「俺は浮気しないって言ってるだろうが」

「わかってるって。和真は真面目で一途なんだもんな。——俺もそうだよ。和真と一緒にいられるだけで、いつもすっごい幸せ」

えへへっと笑って、菜人がぺたっと自分から和真の胸に抱きついてくる。

「……おまえは本当に可愛いよなぁ」

和真は小さくて温かな身体を抱き締め返して、しみじみと呟いた。

だが、それでもやはり不安だった。

この温もりが、いつまでここに留《とど》まってくれるかと……。

（菜人は、まだまだ枯れるような年じゃないからな）

というか、二十歳前後の男なんて、本来やりたい盛りなのだ。

今はまだ愛情が勝っているから治らなくてもいいなんて言ってくれているのだろうが、いつか物足りなさを感じるようになるかもしれない。

恋人を喜ばせてあげられない情けない男に、愛想を尽かしてしまうかもしれない。

一度ＥＤが原因で恋人を失った経験があるだけに、どうしてもそんな暗い考えが脳裏をよぎってしまうのを止められない。

その後、菜人は一切和真の身体の不調について言及しなくなった。

以前と変わらぬペースで部屋に来て、以前と同じように泊まっていく。

夜は同じベッドでぴったりくっついて眠っているが、恋人としての接触は触れるだけのキスと軽いハグだけ。

ポンコツになった和真からすれば、こうして変わらぬ温もりを感じられるだけで有り難いし幸せでもあるのだが、菜人はどうだろうかとどうしても気にかかる。

満たされることのない欲求に悶々《もんもん》としてはいないかと……。

(だからって、ただ抜いてやるだけってのは、こっちが辛い)

一緒に喜びを感じることができない自分が辛くて情けなくて、男として劣等感を持つようになるだけだってことが手に取るようにわかる。

その結果、菜人に対する態度がぎこちなくなってしまうだろうってことも……。

(いい加減、なんとかしないと)

ただ手をこまねいていたのでは、淳也のときと同じ轍《てつ》を踏むことになりかねない。

そんな不安と焦りから、和真は苛立ちを感じるようになっていた。

もちろん、菜人には気づかれないようにしていたが、うまく隠しているつもりでも感情の機微に聡《さと》い菜人に気づかれてしまいそうで不安だった。

そんなある日のこと、ふと気づくと、なにか言いたそうな態度で、菜人が珍しくもじもじしていた。

内心の苛立《いらだ》ちに気づかれたかなとびびりつつ、「どうした?」と話を向けると、きっかけを与えられた菜人はほっとしたように口を開いた。

「和真、猫好き?」

「なんだそれ」

菜人の唐突な質問に、和真は虚を突かれてぽかんとしてしまった。

「猫だよ、猫。にゃんって鳴く猫」

招き猫のように右の拳をくいっと動かして、菜人がにゃんと鳴く。

(気づかれたわけじゃなかったか……)

ほっとした和真は、菜人の可愛い仕草に心おきなく目尻《めじり》を下げた。

「嫌いじゃあないが、俺は断然犬派だな。それも小型犬、真っ黒なトイ・プードルなんか最高に可愛い」

「妙に具体的」

「まあな」

なにしろ、目の前にその手の小型犬を連想させる、ちんまりした恋人がいるのだから……。

「で、猫がどうしたって?」

「あ〜、あのさ。飼う気ない?」

「俺が猫を?」

「うん。うちの婆《ばあ》ちゃん、捨て猫拾っちゃってさ」

菜人の祖母が死にかけの仔猫を拾い、世話をしてなんとか助けたのだが、その仔猫が元気になって活動範囲が広がったことで問題が発生。

「ほら、家って食い物屋だろ? 自宅と店舗が繋《つな》がってるから、猫がうっかり店に入り込みそうになっちゃってさ」

そのときは家人が気づいて自宅に連れ戻したが、猫自体は自宅に閉じこめておいたとしても、いずれは猫毛が料理に入ってしまうのではないかと、祖父が猫を飼うことに猛反対していたのだ。

「それを言うなら、俺だって一応は食い物屋だろうが」

猫の毛を練り込んだパンを焼いたりしたら、それはそれで一大事だ。

「あ。それもそっか……」

他のもらい手を捜さなきゃ駄目かなと、菜人がしょんぼりとうなだれる。

「もらい手が見つからないと、保健所にでもやられるのか？」

「まさか。うちの爺ちゃん、そこまで非道じゃないよ。……ただ、俺が手放したくないだけなんだ。ちっちゃくて元気いっぱいで、すっごい可愛いからさ」

「手放したくない……か」

かなり事情は異なるが、和真にも、その気持ちは痛いほどわかる。

ここで頷けば、そりゃもう菜人が大喜びするだろうってことも……。

（……まあ、なんとかなるかな）

自宅と店舗が繋がっているというおおくぼ亭とは違い、和真はマンション暮らしだ。

厨房に入る前に、いったん上から下まですべて仕事用の服に着替えるし、それらの服は毎日クリーニングに出していて自宅に持ち込むこともない。

ちょっとだけ気を遣えば、猫の毛が問題を起こすことはないだろう。

「そういうことなら、俺が飼ってやってもいいぞ」

「ホント？　やった！　和真、ありがと」

予想通り、菜人は無邪気に抱きついてきて、そりゃもう大喜びする。

和真が飼ってくれるのなら、トイレの世話やブラッシング等、猫の細かい世話は全部自分がやると言いだして、翌日からせっせと猫用のトイレや食料、玩具等を運び込み、休日になると仔猫をさっそく連れてきた。

「ほら、可愛い子だろ？」

ケージから取り出した仔猫を、菜人は得意気な顔で和真に見せる。

仔猫はちょっとだけ毛足の長い茶トラ柄だった。大きめな耳とくりっと大きな緑色の目が可愛らしく、祖母のお手製だという赤い首輪がよく似合っていた。

菜人にすっかり懐いているようで、甘えた声で鳴きながら菜人の顔に顔をこすりつけていて、その様子は菜人とセットでそりゃもう可愛らしい。

「こうしてみると猫も悪くないな。こいつ、産まれてどれくらい？」

「たぶん、三ヶ月ぐらいだと思う」

「そうか。……まだ小さいなぁ」

菜人の手の中にいる仔猫のピンク色の鼻をつつこうと指を伸ばしたら、小生意気にも、ふ

ーっと小さな牙《きば》を剝《む》かれて威嚇される。

こら、駄目だろ、と菜人が慌てて仔猫を叱《しか》った。

「ごめん、和真。――たぶんこの子、人見知りしてるんだよ。すぐに馴《な》れるからさ」

「平気だ。怯《おび》えてぶるぶる震えられるより、これぐらい元気なほうが俺も気も楽だしな。――こいつ、名前は？」

「まだつけてない。情が移るから名前はつけるなって爺《じい》ちゃんに言われてたから、うちではみんな『猫』って呼んでたんだ。――和真がちゃんとした名前つけてあげて」

「俺が？」

「うん。今日から和真の猫になるんだからさ」

「名前ねぇ……」

菜人の胸に小さな爪でしがみつき、警戒するようにこっちを見ている仔猫を眺めてしばし考える。

「トラはどうだ？　トラ柄だし、勇ましいしで、ぴったりだろう？」

和真の提案は、「ぶー」とあっさり菜人に却下された。

「この子、女の子だぞ。もっと可愛い名前にしてやってよ」

「可愛い名前って言われても」

そんなもの、そう簡単に思いつくものじゃない。

困ってしまった和真が、苦し紛れに「だったら、女の子らしくトラ美でどうだ？　トラ子でもいいぞ」と言うと、菜人はきょとんとしてから、ぶっと笑った。

「トラ美にトラ子って……。和真ってば、名付けの引き出し少なすぎ」

「それも駄目か」

「ううん。トラ美ならいいかな。……トラ柄の美人さんだから、トラ美だ」

な、トラ美？　と微笑んだ菜人が小さな仔猫に頬ずりする。

心和《こころなご》む光景に、和真はまたしても目尻を下げた。

結果的に、トラ美を飼うことにしたのは大正解だった。

菜人がトラ美と遊んでいる姿を眺めているだけで、ポンコツである自分に対する劣等感から苛立ち気味だった和真の心も和むからだ。

「猫って、空を飛ぶ生き物だったんだな」

「俺の猫じゃらし使いが巧みだからさ」

猫じゃらしマスターと呼んでと言いながら、菜人が器用に猫じゃらしを操る。

それを追って髭と尻尾《しっぽ》をぴーんと立てたトラ美が、真剣な形相でぽーんと空を飛んだ。

正確には高くジャンプしているだけなのだが、自分の身長の何倍も高い地点まで軽々と到達する姿を見ていると、どうしても飛んでいるように感じてしまう。

猫なんて、飼い主の膝の上で丸くなって、ゴロゴロ喉《のど》を鳴らしている怠惰なイメージしかなかったから、おてんばすぎるトラ美には驚かされてばかりいる。

トラ美を飼いはじめてから、菜人は猫ブログなるものを立ち上げて、日々トラ美の遊ぶ姿を写真入りでアップしている。

うりゃーっと猫じゃらしを振り回してトラ美を空中戦に誘っている菜人には、当然ながら写真を撮る余裕はないから写真撮影は和真の仕事だ。

よく世間では、子は鎹《かすがい》と言うが、ペットにもそれと似た効果があるようで、トラ美を中心に話が弾み、遊び疲れて行き倒れるようにして眠るその姿を眺めては、ふたりでほんわかした気分になったりしている。

ちなみに、トラ美は、正式な飼い主になった和真にはあまり懐いていないみたいだった。

猫タワーや猫ベッド、そして玩具の数々を貢いでやっているというのに実に嘆かわしい。

懐いていないどころか、どうやら和真のことを敵か獲物だとでも思っているふしがあって、気配を感じて振り向くと身を低くしてぷりぷりとお尻を振っていたり、飛びかかってくる寸前だったりすることがよくある。

飛びかかる寸前のときなどは、狙《ねら》っていることが和真にばれたと気づくと、しまったと言わんばかりにすかさず回れ右してピューーッと遠くに逃げてしまう。

「ピンポンダッシュする子供みたいだな」

「似たようなものかも……。トラ美はさ、和真にもっとかまって欲しくてちょっかいだしてるんじゃない？」

「ってことは、あれでも俺に懐いてるつもりなのか」

「きっとそうだよ。眺めてばかりいないで、もっと遊んでやれば？」

菜人から猫じゃらしを手渡され、ぷらぷらと振ってみたが、トラ美には不評で完全にシカトされた。

「和真は手首のひねりが甘いんだって。それに、もっとトラ美の視線を意識しなきゃ」

こうだよ、と自称、猫じゃらしマスターの菜人が、真剣にレクチャーしてくれる。

こうか？　と言われるまま猫じゃらしを動かしてみるのだが、どうもうまくいかない。

そうこうしているうちに、どうしたわけかトラ美の視線が猫じゃらしではなく猫じゃらしを持つ和真の手のほうに向けられて、最後には飛びかかってきたトラ美に手をがぶりとやられた。

「うわっ。こいつ、やっぱり懐いてないって」

「違うってば。ほら、噛《か》まれても怪我してないじゃないか。ちゃんと手加減してくれるんだから、トラ美は遊んでるつもりなんだよ」

仔猫相手でも本気で噛まれたら流血は必至だと、菜人が言う。

確かに噛まれても痛くなかったし、手にはなんの跡もついてない。

「ってことは、あれか？　俺は人間猫じゃらしだとでも思われてるのか？」

「……かも。――毎日スリリングで楽しいじゃん」

菜人が気楽な調子で言った。

「人事だと思って……」

溜め息混じりにトラ美を見ると、すでにぷりぷりとお尻を振って臨戦態勢に入っている。

「まあ、しょうがないか」

トラ美から飼い主認定はされていなくとも、基本的に小動物好きの和真のほうは、自分をロックオンしているトラ美のまん丸の目を見て、ついついにやけてしまうほどには可愛く思っている。

恋愛同様、ペット相手でも惚《ほ》れたほうが負けルールが適応されるんだなと、溜め息をつきつつ苦笑を零《こぼ》す日々だ。

そんな風に、トラ美が来て以来、表面上は穏やかで楽しい日々が続いている。

それでもやはり、この状態に甘えていたら駄目だと内心ではずっと焦っていた。

淳也とのときは、表面上の穏やかさに甘えて、ずっと問題を先送りしていた。

その結果、ポンコツである自分への劣等感に苛まされるようになって、最終的に淳也から別れを切り出されることになってしまったのだ。

同じ失敗をまた繰り返すわけにはいかない。

となると、どうすればいいのか。

考えるまでもなく答えはわかっていた。

いい加減、自分から動かないと駄目なのだ。

ただ鬱々と悩んでばかりいないで、解決の為に一歩を踏み出す。

菜人を失わない為にも、本気でこのポンコツな身体を治す方法を模索すべきだ。

（恥を忍んでカウンセリングにかかるか……。いや、その前に、菜人に話したほうがいいんだろうな）

医者とはいえ他人に事情を話す前に、恋人である菜人には事情を打ち明けておきたかった。

だがその前に、すべきことがある。

（一度、淳也に会っとかないと）

医者相手に具体的な名前を言う必要はないだろうし、相手を特定されないよう当然フェイクも入れるつもりだ。

だが、あの事件のことを口外する前に、どうしても淳也から話してもいいよという許可を取っておきたい。

というか、淳也に許しをもらわない限り、カウンセリングに行ったとしても、精神的負荷がかかって事情を口にすることができないような予感がする。

（我ながら、拘《こだわ》りすぎてるな）

あれは、もう十年も前の話だというのに……。
だが、あの事件が和真の心に深く絡んで根を張ってしまっているのは事実。
だからこそ、今こうして困った事態に陥っているのだから……。

## 5

いざ淳也に会おうと思ってみても、肝心の連絡方法がなかった。

かつての携帯番号はすでに消去済みだし、引っ越しもしているから住所もわからない。

淳也の小説を出している出版社に連絡先を聞いたとしても、個人情報漏洩《ろうえい》に厳しい昨今だけに決して教えてはくれないだろう。

さてどうしようかなと悩んでいたのだが、菜人がアップしたトラ美のブログを眺めているときにピンときた。

（そうか。小説家として、ブログかツイッターをやってる可能性があるんだ）

トラ美を飼うようになる前まではネットにはほとんど縁がない生活をしていたから、きっと思いつけなかっただろう方法だ。

検索してみるとこれがビンゴで、淳也はファン向けに出版予定を伝える為のブログを持っていた。しかも都合のいいことに、ブログ主にメールを送る機能までついている。

さっそく、一度直接会いたいと連絡すると、メールでは駄目なのかと返事が来た。

できれば会って話したいことがあるんだともう一度頼んだら、しばらく経《た》ってから承諾の返事をもらえた。

こちらはいつでもいいから、そちらの都合のいい日を指定してくれと淳也には伝えた。

この日なら空いていると指定してきた日は平日の夕方だったので、その日は独料理店への納入分のパンだけ焼いて、店のほうは休むことにした。

店をはじめて以来、厨房の機械のトラブル以外の理由で休んだのはこれがはじめてだ。

当日、淳也が指定してきた喫茶店に約束の時間より五分ほど早く行ってみたら、すでに淳也は先に来ていて、一番奥まった席でひとり珈琲を飲んでいた。

(淳也らしい)

昔から彼は時間には厳しい質だった。

懐かしさに微笑みながら歩み寄り、向かい合った席に座る。

「会ってくれてありがとう」

「いや。わざわざ直接会いたいって言うぐらいだから、よっぽどのことなんだろう?」

「うん。……そうだな」

店内は広くゆったりとしていて、客席同士の間もかなり開いている。

BGMの音楽も流れているし、平日の日中だけあって客もまばらだから、会話の内容を聞かれる心配がなさそうで少しほっとする。

「それで、なんの話？」

和真が注文した珈琲がきて一段落ついたところで、さっそく淳也が聞いてくる。

ゆとりのないせっかちなその態度に、和真は少し驚いた。

できることなら少し世間話でもして、気持ちが落ち着いたところで切り出したかったのだが、淳也にはその気はないらしく、この再会を早めに切り上げたいようだ。

そういうことならばと、和真は思い切って本題を切り出すことにした。

「実は、その……俺、まだＥＤが治ってないんだ」

さすがに声をひそめてそう告げると、淳也は本気で驚いたようだった。

「あれからずっと？　この間会ったときに一緒だったあの子は、恋人じゃなかったのか？」

「恋人だよ。あいつと出会って、一時的に治ってはいたんだ。でも、ちょっとした事件があって、それをきっかけにまた元に戻っちまった」

「きっかけって？」

「あいつ、トラブルに巻き込まれて顔を殴られたんだ。……駄目になったのは、その傷を見てからだ」

「顔を……。そう、そういうこと」

細々と説明しなくとも、それだけで淳也はすんなりと納得してくれたようだった。

「それで、僕にどうしろと？」

「どうって……」

個人情報は隠した上で、例の事件のことを口外してもいいという許可が欲しい。

和真は、そう淳也に頼もうと思っていた。

だが、はじめて見た酷く不愉快げな淳也の表情に、それ以上の言葉が言えなくなった。

（……そうか、もう昔とは違うんだ）

恋人同士だった頃の淳也は、いつも優しくて穏やかで、和真を甘やかしてくれていた。

そんなイメージがあったから、つい昔と同じ調子で甘えて呼び出してしまったが、別れて十年近く経った今となっては、ふたりは他人も同然。

以前と同じように甘えていいはずがなかったのだ。

と同時に、自分がとんでもなく無神経な真似をしていることにも気づかされた。

自分は今、あの事件の被害者である淳也の、すでに癒《い》えただろう古傷の在処を思い出させるような真似をしようとしている。

いや、自分と同じように、淳也もまたあの事件を未《いま》だに引きずっている可能性があることにすら気づいていなかった。

自分のことだけで一杯一杯で、例の事件のことを思い出させられる淳也がどんな気持ちになるか、恥ずかしいことにまったく思いやれずにいた。

（俺は、やっぱり無神経だ）

一番最初に人間関係の基本を作る家族関係がうまくいっていなかったせいか、昔から人とのコミュニケーションにあまり積極的なほうではない。

それでも、この派手な顔に釣られて勝手に寄ってくる人達がいて、孤独に陥ることはなかったからあまり気にせず今まで生きてきたのだが……。

（……くそっ、恥ずかしい）

自分の未熟さが、ただただむしょうに恥ずかしい。

子供の頃の環境がどうであれ、二十代も後半になっているのだから、性格上の欠点はもう自分自身の問題だ。

ひとりで生きるつもりなら、俺はこういう人間だからと開き直って、自分勝手に生きる道もあるだろう。

だが、恋人と共に生きていきたいと願う以上、そういうわけにはいかない。

思いやりのなさのせいで、恋人の愛情ゲージが目減りすることだってあるのだから……。

ここにきてはじめて、今のこの行動がどんなに自分勝手なものか気づいた和真は、あまりの申し訳なさに淳也から思わず視線をそらした。

「……悪い」

「なぜ謝るの？」

「いや……その……無神経だった。こんな……直接会って話すようなことじゃなかった」

許可を取るだけなら、メールでもよかったはずだ。

それをしなかったのも、やはり甘えだ。

またポンコツに戻ってしまった自分の苦しみや辛さを、なにも言わずとも淳也なら理解してくれる。

昔のように、優しい言葉をかけてくれるかもしれないと無意識のうちに期待していた。

(淳也には、理解する義理はもうないんだ)

むしろ、古傷に触れるなと怒られてもしかたがない。

こんなに気まずい状態に陥るまで、そのことに気づけずにいた自分が恥ずかしくてたまらない。

「駄目だな。俺……。あの頃から全然変わってない。あのときだって、傷ついてるあんたを慰めることもしないで、自分のことばっかりだった。——勝手すぎた。ごめん」

淳也の目を見ることができず、視線を合わせないままで頭を下げる。

「まったくだよ」

そんな和真に、淳也は冷たく言った。

「前の状態に戻ったからって、それで僕にどうしろと？　昔のように慰めてくれとでも言うつもりだった？　乗り越えたはずの過去の傷をわざわざえぐられて、僕が喜ぶと思った？」

「……悪い」

もっともすぎる糾弾に、和真は顔が上げられなかった。

「ほんとごめん。迂闊《うかつ》だった。……そうだよな。あんな卑劣な暴力、何年経ったって忘れられるわけがないよな」

当時の淳也は理性的にあの事件を語っていたけれど、内心では決して心穏やかでなかったはずだ。

あの頃は子供すぎて気づけずにいたが、今の和真にはもうそれがわかる。

わかっていたのに、過去を蒸し返される淳也の気持ちを思いやることができなかった。

あまりにも怠惰で、恥ずべき失態だ。

「君は、本当に馬鹿だな」

落ち込んでいる和真に、また淳也が冷たく言う。

「僕の傷は、あの暴力でつけられたものじゃない。――君だよ」

「え？」

「僕の心の傷は、君がつけたんだ」

「お……れ？」

あまりにも思いがけない言葉に、和真は弾かれたように顔を上げた。

「そうだよ。君が、僕を、傷つけたんだ」

淳也はまっすぐに和真を見て、ゆっくりとそう言い放った。

恋人だった頃は優しかったその眼差《まなざ》しは、今はまるでガラス玉のように冷ややかだ。

「たった一度のことで、それも自分に非があるわけじゃないのに、恋人から汚れたもののように扱われる辛さがどんなものか、君にわかるか？」

「え？　……汚れたって？」

「僕が汚れたから、もう触りたくなくなったんだろう？」

「ば、馬鹿なことを言うなよ。そんな風に思ったことなんて一度もないぞ」

あの事件で、淳也がその心と身体を傷つけられたことを悔しいと思いはしても、汚れただなんて考えたことなどなかった。

和真は本心からそう訴えたが、淳也の心には届かない。

「嘘だ。……抱き合うことはできなくても、触れ合うことならできたはずなのに、あの頃の君は徐々にそれすらしてくれなくなった。――自分では自覚してなかったのかもしれないけど、あれは、僕に対する君の無意識の拒絶だ」

「そんな……」

少なくとも僕は、ずっとそう思っていたと、淳也が言う。

それは、恋人同士だった頃には一度も聞けなかった淳也の本心だった。

あの別れの裏に、そんな誤解があったなんて今までまったく知らずにいた。

大切な人の心を思いやる術《すべ》を持たなかった和真は、すでに一度取り返しのつかない失敗をやらかしていたのだ。

「君はずっとEDで苦しんでいたのかもしれないけど、僕だってずっと苦しんでた。恋人に触れてもらえなくなったことを……。汚れてしまった自分には、もう愛される価値はなくなったんだろうかって……。そう思って、ずっと……ずっと苦しかった」

微《かす》かに震える声と寄せられた眉根に、秘めていた淳也の苦しみが透けて見える。

「なんで……なんであのとき、それを言ってくれなかったんだよ」

言ってくれていたら、それは違うとすぐに否定していただろう。

淳也が信じてくれるまで、何度だって違うと繰り返していた。

誤解さえ解けていれば、淳也が長く苦しむこともなかったはずなのに……。

「そんなこと……言えるわけがないだろう」

淳也が絞り出すような声で反論する。

「あの頃はまだ君を愛してたんだ。はっきりとそれを言ってしまったら、きっと君を失うだろうって思ってた。――失いたくなかったから、どうしても言えなかった」

触れてさえくれなくなった和真の態度に傷ついても、平気なふりで微笑んでばかりいた。

我慢すればするほど傷は深くなっていって、和真と別れた後も、ずっと癒えることなく痛み続けていた。

「自分はもう誰かに愛される価値はなくなったんだって、ずっとそんな風に思い込んでいた。そのせいで、新しい恋に踏み出すことすら恐ろしくなってたんだ」

和真が肉体的なＥＤで苦しんでいたように、自分は精神的な意味でのＥＤに陥ってしまっていたのだと、淳也は辛そうに言った。

「……そんな」

今の今まで気づきもしなかった別れの真実に、和真は打ちのめされた。

（俺は……最低だ）

ずっと年上の彼に甘えて寄りかかってばかりで、本当になにも見えていなかった。

自分の苦しみにばかりに気を取られて、すぐ側にいた大切な人の心を理解することさえできずにいた。

優しい微笑みに隠された苦しみにまったく気づかずに、ただ甘えてばかり。

そんな自分の甘えと無頓着さが大切な人を苦しめ、その苦しみを口に出すことができなくなるほどに追い詰め、深く傷つけてしまっていたのだ。

もはや取り返しのつかない失敗に、謝罪の言葉すら浮かばない。

和真は胸が潰《つぶ》れるような痛みを覚えた。

「今……も？　今もまだ苦しいままか？」

「いや、今はもう大丈夫」

和真の問いに、淳也は首を横に振る。

「僕の傷は、新しいパートナーが塞《ふさ》いでくれたから……」

淳也はまっすぐに和真を見つめて薄く微笑んだ。

「実を言うとね。今日、ここに行くようにって勧めてくれたのも彼なんだ。一度、すべてをぶちまけてくるといいって……。きっとすっきりするよって」

「すっきりしたか?」

「いや。全然。……今さらぶちまけたところで意味なんてない。なにもかももう終わったことだからね。ぶちまけるべきタイミングを、僕はとっくの昔に失っていたんだ」

ふうっと小さく溜め息をついて、淳也は珈琲カップを手に取った。

(……あの指)

別れの日、微かに震えていたのを覚えている。

だが今、カップを持つその手はもう震えていない。

酷く冷たかったあの指先の温度をもう一度確かめてみたいような気がしたが、今の自分にその資格がないこともわかっている。

(新しいパートナーか……)

甘えて寄りかかるばかりだった自分とは違い、淳也の傷ついた心を癒し、支えてくれているだろう人。

たとえまだ淳也の指先が冷たいままだとしても、きっとその人が温めてくれるだろう。

（——よかった）

淳也が辛いままでいなかったことが……。

かつての記憶の残滓に心は揺れ、微かに胸も痛むが、それでも淳也の現状をよかったと思える。

カップを持つ淳也の手を和真が黙って見つめていると、「ああ、そうか」と不意に思いついたように淳也が声をあげた。

「どうした？」

「終わったことだと確認できたって意味では、すっきりできたのかもしれないなと思って……。君にとっては、今になって過去のことを糾弾されて迷惑な話だっただろうけど」

淳也が軽く肩を竦める。

「いや……。はっきり言ってもらってよかったよ」

「そう？」

「ああ。勘違いしたままで生きていくよりはずっといい。自分の馬鹿さ加減がわかって、本当によかったと思う」

穏やかで優しかった年上の恋人。

その優しさの裏に隠されていた苦しみを知ることで受けたショックや辛さは、自分が彼に与えた痛みには遠く及ばない。

今さら償うこともできないが、自分が彼を長い間苦しめていたことを知らないまま、初恋の思い出として懐かしく思い出すような、そんな無神経で傲慢《ごうまん》な真似をせずに済んだだけでもよかったと思える。

「今さら謝っても無意味だってことはわかってる。これは、ただの自己満足だ。それでも、頼むから謝らせてくれ」

悪かった、と和真は深々と頭を下げた。

「僕は許さないよ」

「わかってる。……あんたは、そういう人だったよな」

——許せば甘えが出る。だから、許さない。

かつて、暴力をふるった幼馴染みに対して、淳也はそういう罰《ばつ》を下したのだから……。

「うん。そうだね。だから、君も僕を許さなくていい」

「あんたが許されるべきことなんてなにもないだろう?」

「あるよ。僕は、僕の本心を君に伝えなかった。君を失うのを恐れるあまり口を閉ざして、ふたりの間の溝が深まっていくのを見て見ぬふりし続けていた。……それも間違いだったと、今のパートナーに指摘されたよ」

「そっか。……でも、それは、お互いさまだから」

和真もまた、歪《ゆが》んだ恋人関係に目を閉ざし、表面上の穏やかさに甘え続けていたのだから……。

「そう……。あと、今の君の身体の異常に対しての助言もしないから。それはもう僕の役割じゃないからね。君がいま向き合うべき相手は僕じゃない。あの可愛いおチビさんだ。——あの子とはちゃんと話し合っているんだろうね？」

「いや、まだだ」

「まだ？　ＥＤの原因を話してないってことか？」

和真が頷くと、「呆れた。君は本当に馬鹿だな」とまた淳也の声が冷たくなる。

「事情を知らせないまま、ただ放置してるだけなんて、あの子が可哀想《かわいそう》だ」

どんなにか不安だろうに……、と淳也が心配そうに呟く。

「やっぱり不安かな？」

「当たり前だ。事情も教えてもらえずに、悩んでいる恋人を側で見守ることしかできないなんて辛いに決まってる」

「そうか……」

「こんなところで油売ってないで、さっさと戻ったほうがいいよ」

「あ、ちょっと待ってくれ」

話は終わりだねと立ち上がろうとした淳也を、和真は慌てて呼び止めた。

「まだ肝心の用件が終わってない」

淳也は浮かしかけた腰をまた椅子《いす》に戻す。

「なに？」

「例の事件のこと、あいつに話してもいいか？」

「話してもって……。君が信頼してる子なんだろう？　もう昔のことだし別に構わないよ」

「そうか、よかった」

ほっとした和真を見た淳也は、怪訝《けげん》そうな顔をした。

「もしかして君、その許可を取る為に僕を呼び出したのか？」

「ああ。あいつに話すにしても、医者のカウンセリング受けるにしても、とりあえずあんたに許可もらってからと思ったから……」

「呆れた。別に話してかまわなかったのに……。相変わらず変に律儀で不器用なんだな」

「俺、不器用かな？」

確か、以前同じことを菜人にも言われた。

「不器用だよ。だから今もそんな状態になってるんだろう……って、僕があれこれいう問題じゃないな。後は、あの子に任せるよ」

君の恋人はもう僕じゃないからねと、淳也が薄く微笑む。

「じゃあ、僕はこれで。もう二度とこんなつまらない話で呼び出さないで」

じゃあねと、あっさり淳也は席を立つ。

「ありがとう」

和真はその後ろ姿に深々と頭を下げた。


（俺が傷つけてたのか……）

喫茶店からの帰り道、和真は淳也に言われた言葉を何度も思い返していた。

和真にとって淳也は、はじめて本気で愛した人であり、そしてはじめて心を通わせることができた人でもあった。

よそよそしい家族関係と、ゲイというマイノリティに生まれついてしまったこと。

ふたつの疎外感にずっと悩まされてきた和真を、丸ごと受けとめてくれた優しい人。

出会えて、受け入れてもらえたことが本当に嬉しかった。

手に入れた絆《きずな》をずっと大切にしようと何度も心に誓った。

教師と生徒、そして男同士と、世間的には決して表沙汰にはできない関係だったから、淳也の狭いアパートの中だけがふたりの世界だった。

ふたりでいさえすれば幸せで、なんの不安もなかった。

あの日、外の世界から、淳也が傷ついて帰ってくるまでは……。

（やっと……わかった）

あのとき感じた怒りと悔しさ、その本当の意味を。

（俺は、淳也を守りたかったんだ）

はじめて手に入れた大切な人を、自分のこの手で守りたかった。

いや、あの日までは守れるつもりでいたのだ。

でも、それはふたりだけの世界でのこと。

ふたりだけの世界、その外までにはこの手は届かないのだと、あの頃の和真はまったく気づいていなかった。

自分の手の届かないところで、大切な人が傷つけられたことがたまらなく悔しかった。

大切な人が辛い目に遭っているとき、それを知らずにいた自分が酷く腹立たしかった。

守れない自分の無力さが、悔しくてたまらなかった。

そして、もうひとつ。

自分に打ち明ける前に、淳也はすっかり自分の中で事件の整理を終えていた。

それもまた辛かったのだ。

大切な人になにも相談してもらえない、頼ってもらえない自分が酷く無力に思えて……。

だからと言って、事件の被害者である淳也に対して、その辛さをぶつけることもできず、ただ苦い気持ちを呑《の》み込んだ。

守れなかった。

頼ってもらえなかった。

そんな無力な自分が悔しくて、腹立たしくて……。

（……ああ、そうか。それでか）

ひとりの男として、大切な人を守りきれなかった。

そんな無力な自分に、和真は男としての自信をすっかり喪失してしまったのだ。

（俺のＥＤの正体は、この無力感だったのかもな）

そんな気がする。

そう考えると、一時的に回復したタイミングも頷ける。

ずっと可愛いと思っていた菜人を、悪党の毒牙《どくが》から守ってやることができた。

そんな満足感から、男としての自信を取り戻せたからだったのだろうと……。

高校生だった頃の和真は、年上の恋人に甘やかされることに安心しながら、同時に、年下であるが故に頼ってもらえない自分の無力さに傷ついていた。

それは、自分勝手で幼い我儘《わがまま》だ。

当時、そんな気持ちに気づけずにいたのは、やはり淳也を失いたくなかったからだろう。

淳也が言えずにいたのと同じ気持ちだ。

（淳也を汚いだなんて、一瞬だって思ったことない）

傷そのものを痛ましいと思いはしても、その傷が淳也の価値を損なうことなどなかった。

あの頃の和真にとって、淳也はなによりも貴く、なによりも大切な人だった。

だからこそ彼を守れなかったことが悔しかったし、抱けないことが辛かったのに……。

今すぐ追いかけて行って、今こうして気づいたばかりのことを説明して、もう一度淳也に、かつての誤解を改めて否定したかった。

だが、それが無意味だってことをもう和真は知っている。

(淳也は、俺とのことを乗り越えてしまってる)

ちゃんと自分の中で折り合いをつけて、先に進んでしまっている。

心に蟠《わだかま》りが残っていたとしても、今のパートナーとふたりで乗り越えていくのだろう。

過去の亡霊に、もう出番はない。

そして、和真にとってもそれは同じことだ。

(今回の原因も、たぶん同じだ)

自分の手の届かないところで、菜人が殴られて怪我をした。

今度こそ絶対になくさない、必ず守ると意気込んでいただけに、その分、受けたダメージも大きかったのだ。

平気、大丈夫とあっけらかんと笑う菜人の為に、自分がしてやれることがなにもないことが虚《むな》しかった。

(完全に守るなんて、無理な話なのにな)

安全な室内だけで世話ができるトラ美みたいなペットならともかく、人間相手にいつも一緒にいて守ってやることなどできるわけがない。

頭ではちゃんとわかっていても、やはり自分のこの手で守りたいと思ってしまう。

そんな、あまりにも意固地で幼い自分に、和真はちょっと呆れた。

(……帰ろう)

バイトは休みでも、トラ美の面倒を見る為に菜人は絶対に家に来る。

菜人に会ったら、すべて打ち明けて謝ろう。

守れなくてごめんと……。

(あいつ、どんな反応するかな)

なんで謝られているのかもわからずに、きょとんとする菜人の顔が脳裏に浮かぶ。

すべての事情と、ついさっき気づいたばかりの推論を話したら、菜人はなんと言うだろう。

自分の身ぐらい自分で守れるよと呆れるか、心配性だと笑うか……。

(そういえば、最近ハグもろくにしてなかったっけ)

菜人のほうからぺたっとくっついて来てくれるのに甘えて、こちらから抱き締めることをしていなかった。

淳也のような誤解はしていないだろうとは思うが、それでもやはり不安がらせてしまっていたのではないだろうか。
それを思うと、自然に足が速まる。
一刻も早く帰って、菜人の顔を見たくてたまらなかった。

## 6

家に帰ると、トラ美がいつものように、ぽーんと高く空を飛んでいた。

いつもと変わらぬ光景に、なんだかほっとする。

「おお、いいジャンプだな。——ただいま」

「おかえり、和真。早かったね」

猫じゃらし一本でトラ美を操っていた菜人が、いつものように和真に微笑みかける。

「ごめん、まだ夕食作ってないんだ。もっと遅くなるかと思ってたから……」

菜人には今日のことを、ちょっと人と会ってくるとしか言っていなかったから、飲んでくるとでも思っていたのだろう。

「謝ることないさ。言ってなかった俺が悪い。——っと」

ゴツンと、和真の脛《すね》にいきなりトラ美の頭がぶつかる。

「なんだ、トラ美。今度は体当たり攻撃か？　弁慶の泣き所を狙うとは、その小さい脳みそでよく考えたもんだな」

「違うよ。ごっつんこするのは猫の挨拶《あいさつ》みたいなもんだよ」

「お？　ってことは、やっぱり懐いたのか」

よしよしと頭を撫でようとして伸ばした手に、すかさずトラ美はがぶっと噛みついて、菜人の足元へとダッシュで逃げて行く。

「なんだ今の……。油断させてからのフェイント攻撃？」

「和真の手、大きいからびびったのかも。——夕食なに食べたい？　俺、なんでも作るよ」

「ああ、いや、その前に……。おまえ、腹が空いてるか？」

「まだ空いてない。さっき、コンビニの肉まん食ったし」

「そうか。それならちょうどいい。夕食の前にちょっと話を聞いてくれないか」

「話って？」

「今までのこととか、これからのこととか……。まあ、色々な。……淳也と会って、わかったこともあるし」

とりあえず珈琲でも淹《い》れるかとキッチンに向かいかけていた和真は、「そっか……。和真、鈴木《すずき》先生に会ってきたんだ」という菜人の堅い声にふと足を止めた。

「菜人？」

振り返ると、こっちを見ている菜人の顔から表情が消えている。

（やばっ。なんか勘違いしたな）

誤解を解かなければと一歩踏み出したそのとき、菜人が爆発した。

「やっぱり嫌だっ‼」

突然、菜人が怒りを露わにして大声で怒鳴る。

その勢いにびっくりしたトラ美が、尻尾をぶわっと膨らませて、和真が貢いでやったドーム型の猫ベッドの中にピューッとまっしぐらに逃げ込んで行く。

「俺は絶対に嫌だ！」

「ちょっ、落ち着け、菜人！　嫌って、なにが？」

「別れないからな！」

「別れる⁉」

誰と誰が？　と混乱する和真を余所に、菜人は全身の毛を逆立てる勢いで怒ったままだ。

「俺と別れて、鈴木先生とよりを戻すつもりなんだろ？」

「馬鹿言え。そんなんじゃないって」

「嘘つき‼」

抱き寄せようとする和真の手を、菜人は強く払って拒絶した。

「和真がおかしくなりだしたのって、鈴木先生と再会してからだもんな。ずっと忘れられなかった人に会って、気持ちが戻っちゃったんだろ？　だから俺のこと抱けなくなったんだ！　EDだなんて下手な嘘をついてまで鈴木先生に操立てしてたんだろ？　でも、絶対に嫌だからな！　俺は別れない！　——絶対、絶対、絶対、別れてなんかやらないんだからな‼」

菜人は、怒った顔のまま、大きな目からボロボロと涙を零していた。

「菜人、誤解だ。俺がおまえを手放すわけないだろうが！」

菜人の泣き顔にざわっと全身に鳥肌を立てながらも、和真はもう一度手を伸ばして、無理矢理にその小さい身体を腕の中へと抱き込んだ。

「嘘だっ」

「嘘じゃないって。おまえと別れたくないから、このポンコツの身体を治そうと思って過去と向き合ってきただけなんだ。淳也に未練はない」

今の俺にはおまえだけだ、と抱き込んだ菜人の耳に何度も告げたが、その度に菜人は嘘だと泣きじゃくる。

拘束されてなおじたばたと無駄に暴れて、泣きじゃくって、その身体が汗ばむほどに……。

（くそっ、俺は本当に馬鹿だ）

自分ひとりが苦しんでいるとばかり思っていた。

トラ美と遊ぶ菜人はいつも楽しそうだったし、変わらない態度でくっついてきてくれるから油断していた。

自称演技派の菜人の演技にずっと騙《だま》されていた。

まさか、笑顔の裏で、これほどの不安をずっと抱えていたなんて……。

（淳也の言う通りだ。向き合うべきは過去じゃない。こっちだったんだ）

自分自身の心にばかり目を向けて、目の前にいる菜人の気持ちをまるで考えていなかった。

恋人と肉体面で愛し合うことができない。

それは自分だけの苦しみではなく、ふたりの問題だった。

自分はできなくとも菜人を喜ばせてあげることならできたはずなのに、ポンコツな自分を思い知らされるのが嫌で、恋人としての触れ合いそのものから逃げてしまっていた。

そのくせ、言葉を濁して誤魔化してばかり。

事情は話せずとも、この苦しみを菜人に打ち明けて、おまえを抱けないのが本当に辛いのだと真実の気持ちを吐露することもできたはずなのに……。

(俺は、また前と同じ失敗をしてた)

内心の不安を押し隠し、変わらぬ愛情を示してくれる菜人に甘えてしまっていた。

笑顔の裏で菜人がどんなに悩んで苦しんでいるか、気づきもせずに……。

「ごめん。ごめん菜人。不安にさせて悪かった。おまえのことが誰よりも好きだよ。本当に、誰よりも大事なんだ」

信じてくれよと頼み込みながら、暴れる身体を強く抱き寄せ、菜人の小さな頭を片手で掴んで、無理矢理上向かせて深く口づける。

くちづけが深くなるにつれ、菜人の身体からは力が抜けていく。

だが、それは和真が教え込んだキスの甘さに酔っているだけで、心の中はまだ大荒れのままなんだろう。

和真の言葉を信じてくれたわけじゃないのだから……。

(この気持ちも、体温みたいに染み込んでくれればいいのに……)

菜人がこんな悲しい誤解をしたのは、和真を愛すればこそ。

和真が再びEDに陥ったのも、菜人が大事だからこそだ。

お互いを想う気持ちは、間違いなくお互いに向いている。

それなのに、想いはすれ違ったまま。

しなくてもいい苦しい思いを、誰よりも大切で守りたいと想っている存在にさせてしまう。

キスに酔いながらも、菜人はなおも力の抜けた手で和真の身体を叩く。

信じない、嘘つきと責めているように……。

(なんで伝わらない？　なんでわかってくれないんだ)

そんな想いに、微かな胸の痛みを覚えた和真の脳裏に、

――なぜわからんのだ！

ふと、かつて聞いた、父親の怒鳴り声がだぶって響いた。

それは、ゲイバーに遊びに行っていることがばれ、芋《いも》づる式に和真がゲイだということも知られて揉めたときのこと。

頭ごなしに馬鹿な遊びは辞めろと父親に怒られて、あんたの指示は受けないと和真は思い

っきり反発した。

（あの人もわからなかったのかもしれない）

身近に同性愛者がいなければ、それが後天的な趣味嗜好《しこう》ではなく、先天的な性的指向なのだとはわからない。

だから、頭ごなしに馬鹿な遊びは辞めろと怒った。

和真は、そんな父親の気持ちを理解しようとはせず、自分の気持ちを理解してもらおうともせず、いつものようにただ反発した。

理解してくれるはずがないと最初から決めつけて、話し合いをしようともしなかった。

（菜人には、きっと家族も理解してくれるだろうって言ったのにな）

菜人の家族は仲がいいからきっと理解してくれるはずだと期待した。

だが、自分の家族には、理解を求めることすらしようとはしなかった。そして気がついたら売り言葉に買い言葉で、いつの間にか家を出て行くことが決まっていたのだ。

――そんな……。待って、あなた。お願い待って。もっと話し合ってちょうだい。

――もう放っておけ。子供じゃないんだ。好きにさせてやれ。

慌てて取りなそうとした母親に父親が言い、そのまま和真は家を出た。

その後、友達の家を泊まり歩いていた和真を兄が捜し当て、「親父から」と札束の入った分厚い封筒を渡された。

勝手に手切れ金だろうと判断して受け取ったのだが……。

（あれは、本当に手切れ金だったのか？）

なにも持たずに家を出た息子への心配の形だったのではないか？

店を開いたとき、兄が祝いの電話をくれたが、大々的に宣伝したわけでもない和真の小さな店の開店をどうして兄が知っていたのか？

（ずっと、気にしてくれてたのかもしれない）

甘い考え、ただの勘違いかもしれない。

和真は、自分が家族内の異物だという先入観に囚《とら》われてばかりいて、他の家族の気持ちに目を向けたことがなかった。

そんな和真の内に籠《こ》もる姿勢が、よそよそしい家族関係を築いてしまった原因の一端を担っていたのは事実だ。

表面上のことにばかり気を取られ、家族みんなの真実の想いを知ろうとはしなかった。

そう、ひとりで苦しんでいる菜人の気持ちに気づけずにいたように……。

押し寄せてくる後悔の念に胸が痛む。

その痛みに堪えるように、和真は微かに眉間《みけん》に皺を寄せた。

「ごめん菜人。誤解させてごめんな」

ぎゅうっと菜人の頭を胸に抱き寄せ、想いが伝わるようにと何度も告げる。

だが菜人は、逆にまた思いっきり暴れ出した。

そのあまりのあばれっぷりに和真が思わず手の力を緩めると、顔を上げて、ぷはっと荒く呼吸をする。

どうやら、胸に顔を押し当てられ続けて呼吸困難に陥っていたらしい。

「……殺す気？」

菜人が、じとっと睨む。

和真は慌てて両手を放した。

「悪い。わざとじゃないんだ。おまえを殺すぐらいなら、自分を殺したほうがマシだ」

「物騒なこと言っちゃって」

「本心だよ」

菜人を失ったら、自分は確実に抜け殻になる。

死んでいるも同然だ。

「俺が本気だってことをおまえが信じてくれるなら、迷わずばっさりやれるぐらいだ」

愛されていると菜人が納得してくれればそれでいいと和真は思ったのだが……。

「やだよ、そんなの」と菜人が唇を尖《とが》らせる。

「和真が死んじゃうぐらいなら、別れたほうがマシ」

「あのな、おまえに捨てられたら俺は抜け殻になるぞ」

「……前にもそれ言ってたっけ」

「ああ。言ったよ。本当のことだからな」

和真の言葉に、菜人がきょとんとした顔をする。

「サービストークじゃないの？」

「ホストじゃあるまいし、そんなもんするかよ。俺はいつだって本気だ。おまえ相手に嘘ついたことなんてないぞ」

「嘘ついたじゃん。本命なんかいないって……」

「あの頃はいなかったんだよ」

「だって、それなら鈴木先生は？」

「とっくに終わった話だって言っただろう？　未練があったら、追いかけるなり、現状探るなりするはずだろうが」

「……そういえば和真、鈴木先生が小説家だって知らなかったっけ」

「当然だ。高校の卒業式以来、一度も会ってなかったからな」

「会いたいって思わなかった？」

「思わなかった」

「でも、会ってきたんだろ？」

「ああ。淳也に会うのは、このポンコツな身体を治す為の下準備のつもりだったんだが……。

どうやら、もう治っちまったようだな」

　暴れて泣きじゃくる菜人の身体が熱くなって汗ばむのを感じたあたりから、徐々に復活の兆《きざ》しを感じてはいたのだが……。

（いくらなんでも、空気読めなさすぎだろ）

　いきなり完全に復活してしまっている自分自身に、思わず苦笑いが零れた。

　心にずっと凝っていたかつての苦しみの原因を、うまく解きほぐせたことが功を奏したのだろうが、よりによってこんな大事なときに復活してしまうなんて我ながらなんと無節操なことか。

（やりたい盛りのガキじゃあるまいし……）

　可愛い菜人を腕に抱き締めただけで反応してしまうとは……。

　今はまず菜人の誤解を解いて安心させてやるのが先決だというのに、自分の欲望が暴走しないよう抑えるのに苦労しなきゃならなくなるなんてあまりにも自己中すぎる。

　和真は必死に欲望を抑えようとしたのだが……。

「ホントだ」

　和真の苦労も知らず、菜人がジーンズの上からむぎゅっと無造作に触ってくる。

「ちょっ、待て……。刺激すんな」

「なんで？　俺とはもうしたくない？」

「したいに決まってんだろ」

「じゃあ、しようよ」

「しようよって……」

菜人の誤解はまだ完全には解けていない。

辛い誤解を解消しないまま身体を繋げるのはまずいような気がした。

(はじめてのときも、なにも言わないまま最後までやっちまったし……)

身体先行ではじまってしまった恋。

すべて終わった後の告白が、肉体関係を続ける為の後付けの理由と誤解されてもおかしくないところだ。

(って、もしかして、そこからなのか?)

すでに最初から、菜人は誤解していたのだろうか?

自分は一時的に、遊び相手として選ばれただけだと……。

(でも俺、あんとき、ちゃんと好きだってことは言っといたよな?)

おまえと真面目に恋愛したいと思ってる、とは確かに言った。

変に誤解させるようなことはなにも言っていないはずだ。

和真が困惑して悩んでいると、沈黙を悪いほうに誤解したらしく「やっぱり駄目なんだ」と菜人が泣きそうな顔になる。

「結局、俺には本気になれなかったってことなんだ。——そりゃそうだ。こんな、なし崩しにはじまった関係で、都合よく本気になるなんてことないよな」

「なし崩しって、おまえ、それ違うぞ」

「もういいよ！　そんな中途半端に優しくされたって苦しいだけだもん。和真、恋愛に対して真面目だから、俺に手を出した責任を取ってつき合ってくれてただけなんだろ？」

「だから、違うって！」

（くそっ、やっぱり最初から勘違いさせてたのか）

かねてから好意を持っていた菜人が、大好きだと身体ごとぶつかってきて、都合よくＥＤも治ったから、そのまま菜人を抱いた。

その結果、肉体面での不安がなくなったことで、躊躇《ちゅうちょ》していた恋愛関係にまで発展させることができたのだが……。

（菜人は、あそこからはじまったと思ってたんだ）

普段から素っ気なかった和真が、まさか自分に恋をしているとは夢にも思っていなかったのだろう。菜人からしてみれば、自分の誘惑が功を奏して肉体関係に持ち込めただけでも幸運だったのだ。

その後、真面目に恋愛したいと思ってると言われて、恋人になれるチャンスが与えられたと、そう勘違いしたのかもしれない。

何度も好意は口にしてきたが、和真の気持ちが恋愛的にどこまで進んだのかずっと不安だった菜人は、それをすんなりそのまま信じることができずにいたのだ。

これから本当に恋人になるだろう菜人に対する現在の評価、もしかしたら、場を盛り上げる為のただのピロートークだと思っていた可能性だってある。

(ホストのサービストークだって言われたのはそのせいか……)

最初、菜人に告白されたとき、それは聞きたくなかったと和真は本人にはっきり告げた。片思いでも平気なのか？　とも聞いたような気がする。

そんなことを言われた後で、恋愛しようと言われても、その言葉がすんなり心にまで届くはずがない。

和真は、一番肝心なことを、まだ菜人に告げていなかったのだ。

「菜人、俺は抱く前からおまえに惚れてたぞ」

遅ればせながら、慌てて大事な事実を告げてみたが、

「嘘だ！」と、あっさり打ち返された。

「嘘じゃない！　俺はずっとEDだったって言っただろ？　そんなポンコツな身体じゃ恋愛なんかできっこないと思ってたんだよ。だから、おまえの好意に気づいても、気づかないふりをしていることしかできなかったんだ」

菜人の好意に気づいていることがばれたら返事を求められるだろう。

ポンコツな自分が恋人になれるわけがないから断るしかない。

そうなれば、待っているのは別れだ。

「EDだなんて、嘘ばっかり！」

「嘘じゃない！　何度もそう言ってるだろう？　そもそも、嘘をつくんだったら、もっとマシな嘘を選ぶって」

よりにもよって、男として一番みっともなくて恥ずかしい嘘を選ぶわけがないと和真が言うと、それもそうだと思ったのか、菜人は少し落ち着いて軽く首を傾げた。

「……ホントに言い訳じゃない？　ホントにホント？」

「ほんとだって。嘘はついてない。おまえとあなる間の俺は、ずっとEDだったんだ。だから恋愛からも完全に手を引いてた。嘘じゃないぞ」

「鈴木先生に操立てしてたんじゃなくて？」

「だから違うって。終わった相手に操立てする必要なんかないだろう」

ポンコツな身体に引きずられて、心まで恋愛から遠ざかっていた。

そんな和真の前に菜人は現れて、見事な一目惚れっぷりを披露してくれた。

「思いっきり俺を意識してるおまえを見てるうちに、こっちも徐々に恋愛モードに入ってたんだよ。でも、こんなポンコツの身体じゃ、おまえを受け入れることなんかできないだろ？かといって、おまえに離れて行かれるのも嫌で、ずっとおまえの気持ちに気づかないふりをしてたんだ。でもあの夜、思いがけずＥＤが治っておまえを抱けて、あれでやっと俺も、おまえに恋ができる権利を手に入れたと思ったんだ」

「……スタートラインに立てたってこと？」

肩を摑んで顔を覗き込み、必死に語る和真に飲まれたように黙って話を聞いていた菜人がぽつんと言った。

「そう、それだ！　まさにスタートラインだ」

和真がゲイだということを知って菜人が恋のスタートラインに立てたように、役に立たないポンコツの身体が治ったと確信できたから、和真も自分の恋にゴーサインを出せた。

「俺はおまえに惚れてたよ。ずっと本当に可愛くて可愛くてしかたなかったんだ」

「……俺の名前も呼んでくれなかったのに？」

「呼べなかったんだよ。あくまでもバイトなんだって自分に言いきかせておかないと、おまえへの気持ちに歯止めが効かなくなると思ったんだ。今日、淳也に会いに行ったのだって、おまえの為だぞ。っていうか、俺の為か……。俺が、可愛いおまえを抱きたくて抱きたくてたまらなかったから、このポンコツの身体を治す為に行動しただけなんだ。――おまえを裏切るような真似はなにもしてない」

まっすぐに目を覗き込んで告げると、菜人の大きな目にみるみるうちに涙がたまっていく。

「じゃあ、証明して」

「証明？」

「今すぐ俺を抱いてよ。俺の為に治そうとしてたって言うんなら、俺のこと抱けるよな？身体で証明して……。——今すぐ俺のこと欲しいと思ってよ」

お願いだから、と、菜人は切羽詰まった様子で和真のシャツをぎゅっと摑む。

その目からぼろっと大粒の涙が零れるのを見て、和真は胸に刺すような痛みを感じた。

(俺が、こんなに追い詰めたんだ)

菜人の言動にちょっとした違和感を覚えても、そのうちなんとかなるだろうと、与えられる菜人の好意に甘えてばかりいた。

そのくせ、はっきりとわかる異変に対してだけは慌ててその場を取り繕った。

そんな中途半端な優しさに菜人は振り回され、ずっと一喜一憂していたんだろう。

「ごめん、菜人。愛してるよ。俺には本当におまえだけなんだ」

必至すぎるその表情が可哀想で、あまりにも愛しくて、和真はたまらずその小さな身体を抱きすくめた。


ベッドに倒れ込み、服を脱がし合いながらキスをする。

飢えたように首にしがみつき、キスに応《こた》える菜人が可愛くて可愛くてしかたがない。

二ヶ月近くも想像でしか触れてなかった菜人の肌に直接触れて、触れずにいた分を取り戻すかのように唇で自分の跡をつけていく。

「菜人、不安にさせてごめんな」

小さな膝頭にキスしてつるんと手の平で撫でると、菜人がぶるっと身震いした。

「ここも感じるんだっけか？」

「そこだけじゃないよ。和真に触られればどこだって感じるんだ。——も、そんなのどうでもいいから、早く来て」

菜人は両手で和真の頭を引き寄せた。

「どうでもって……。久しぶりなんだぞ。じっくり慣らさないと、また怪我するぞ」

「それでもいいよ。和真が欲しいんだ。俺がどれだけ我慢してたと思ってるんだよ」

むっと、菜人の眉間に似合わぬ皺が寄る。

「そっか……。ずっと我慢してくれてたんだな」

一度話して以来、ＥＤについて言及することはなかったし、ぺたっとくっついて座る以外に恋人らしい接触を要求してこなかったから気づかなかった。

和真が菜人を思って自分を慰めていたように、菜人もまた同じようなことをしていたのだろうか？

ふと気になって聞くと、菜人はぼわっと顔を赤くした。

「そ、そりゃ……俺だって男だし、自分でしてたけど……」

「どっちで？」

「どっちって……どっちでもいいじゃん」

赤くなったまま視線を泳がせて返事を誤魔化す。

(こりゃ後ろも弄《いじ》ってたな)

前を弄るだけじゃ物足りなかったに違いない。

キスすらろくに知らなかった菜人に、快楽を一から教え込んだのは自分だ。

その素直で優秀な成長ぶりが、なんとも愛おしく、誇らしくもあった。

(そのうち、ひとりでしてるとこ見せてもらおう)

などと今後の楽しみをひとつカウントしつつ、和真は少しだけほっとしていた。

「自分で後ろもしてたんなら、ちょっとぐらい無茶しても平気かもな」

どうだ？　と聞くと、菜人はおどおどと小さな声で白状した。

「そ……そういうことなら、無茶しても平気……かも」

「よし、わかった。御期待に応えよう」

最初のときと違って、今はしっかりジェルもスキンも用意してある。

菜人のそこにしっかりジェルを塗り込め、自分のそれにも塗ってから、菜人の片足を抱え上げた。

「前からのがいいんだよな？」

「うん。和真の顔、見てたいし……」

「俺もだ。最初におまえを達かせたときなんか、イキ顔を見逃したくなくてキスするのさえ惜しんだぐらいだ」

「あ……あのときって、ずっと俺の顔見てたの？」

「ああ。ガン見してた。あんときは、まさかＥＤが治るとは思ってなかったからな。おまえのイキ顔を今後のおかずにしてやろうと思ってたぐらいだ」

思い返してみると、我ながらなんともいじましい話だ。

「お、俺なんか見たって面白くないだろ」

赤くなった菜人が照れくさそうに唇を尖らせる。

「面白いよ。あんときはすっごく可愛かったし……。それに、こうやって……」

「あっ！　……んん……」

押し当てていたそれをぐいっと一気に菜人の中に押し込む。

顎を上げて息を飲んだ菜人の表情は、衝撃に耐えるそれで、痛みを堪えている風ではない。

和真はほっとした。

「俺ので一杯になってからの表情の変化もいい。普段は可愛いこの顔が、気持ちよさそうにとろんとしてくると滅茶苦茶色っぽくなるところもな」

「な、なに言ってるんだよ、もう……。サービストークなんかいらないよ？」

真っ赤になったままの菜人に睨まれたが、全然怖くない。

「サービストークじゃない。いつも思ってることを言ってるだけだ。おまえだっていつも俺の顔見て、綺麗だのなんだのと言ってるだろうが。それと一緒だよ」

「全然違うよ。……和真が美形なのは事実だけど、俺は違うし……」

「違わないって。おまえ、ほんとに可愛いぞ。気持ちよさそうな顔も凄《すご》くそそる」

そう言った途端、菜人は恥ずかしそうに両腕で顔を隠してしまった。

「も、もういいよ。もうわかったから……」

早く動いて……と、キスでいつもより赤みを増した唇が動くのが、腕の隙間《すきま》から見えた。

「わかったよ。正直、馴染むまでじっとしてんのも辛いしな」

狭く温かな内壁にぎっちりとくわえ込まれているだけで、理性を持っていかれそうなぐらいにいい。

だが、本格的に動く前にやっておくことがあった。

「これが邪魔だな」

和真は、可愛い顔を隠している腕を取り除くべく、菜人の手首を掴んで顔の脇にがっしりと固定した。

「やっ、和真、やだっ！」

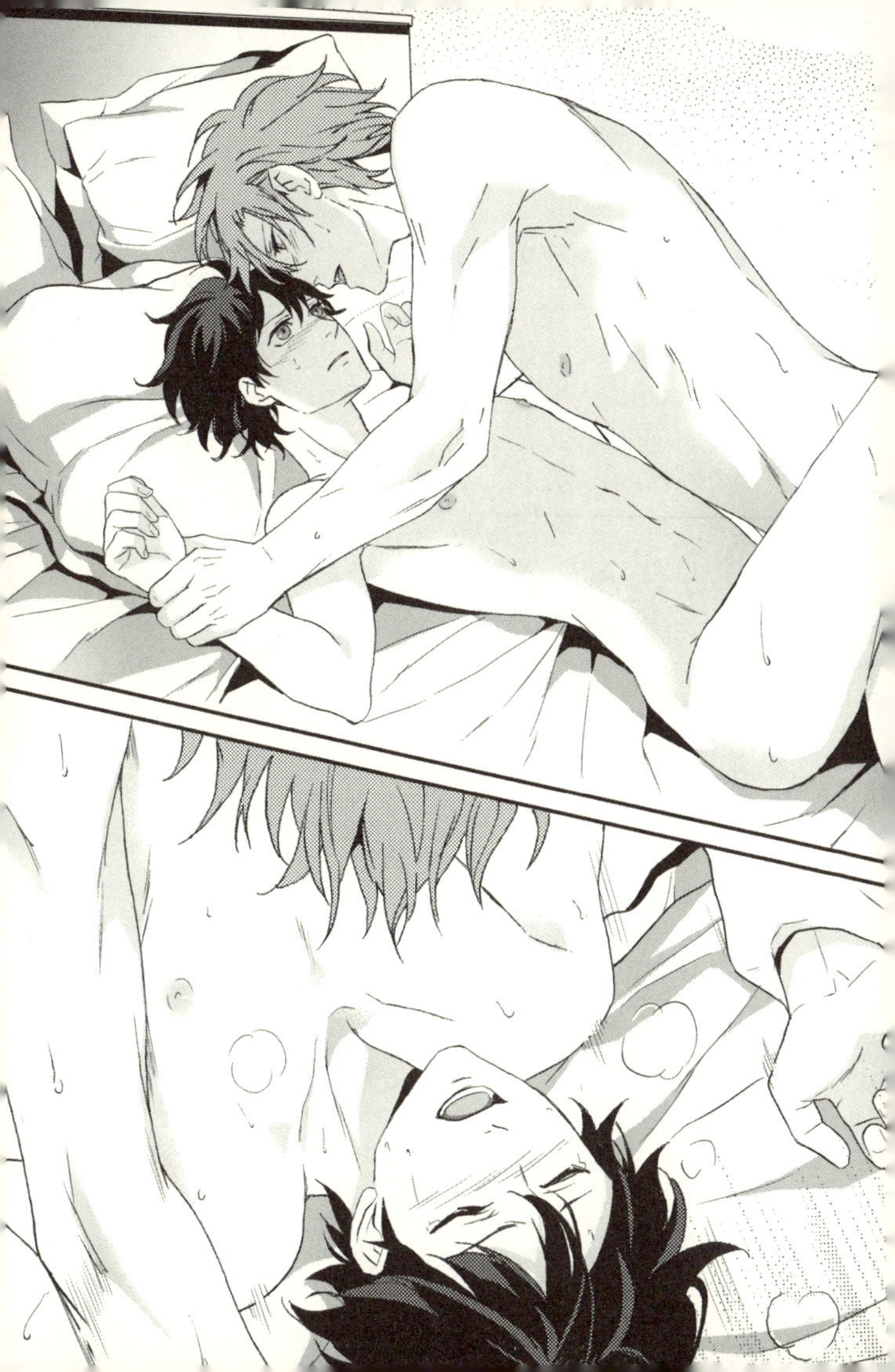

菜人は慌てて腕の自由を取り戻そうとしたが、力の差は歴然でどうにもならない。

「今さらなんでそんな恥ずかしがるんだか……。まあ、すぐに恥ずかしいなんて思えなくしてやるから、ちょっとだけ我慢な」

真っ赤な菜人の耳元でそう囁《ささや》いてやってから、ゆっくりと腰を動かしていく。

「……ちょ、待って……手、放して。……あっ……」

「駄目だ。俺だっておまえの気持ちよさげな顔に飢えてたんだ。隠さず全部見せてくれ」

その狭さを楽しみながら、じっくりと抽挿を繰り返した。

菜人のいいところは知り尽くしているから、自らの堅い熱でそこを擦《こす》り、突き上げる。

「あっ……和真、そこ……いい……」

最初のうち、菜人は横を向いて恥ずかしそうにしていたが、徐々にそれどころではなくなってきたようで、揺さぶられる度に素直に甘い声をあげるようになった。

(……たまらない)

セックスの最中の菜人は他のどんなときより素直で、そして快楽に従順で貪欲《どんよく》だ。

和真を包み込む内壁は熱く蕩《とろ》けて蠢《うごめ》き、もっと欲しいとその細い足が身体に絡んで引き寄せようとする。

見上げてくるとろんと気持ちよさげな目に誘われるまま、甘い声が零れる唇に軽くキスすると、もっとと言わんばかりに可愛い舌がぺろっと唇を舐《な》める。

（そろそろ大丈夫そうかな）

そっと手首の拘束を解くと、案の定、菜人はキスを求めて和真の首に両腕でしがみついてきた。

「和真、キス、もっと……」

「ああ」

幾らでもやるよと囁きながら、柔らかな菜人の唇の弾力を楽しみながら、深く唇を押し当てていく。

薄い舌を引き込んで存分に味わい尽くしてから、菜人の口腔《こうこう》内の粘膜をくすぐり、小さな歯列の感触を楽しむ。

「んんっ……ふぁ……」

キスの喜びが、そのまま和真の熱を呑み込んだ内壁にもダイレクトに伝わり、ぎゅうっと締め上げてくる。

軽く腰を揺らしてやると、今度は触れ合った唇が甘くわななないた。

その素直なさまが滅茶苦茶可愛らしい。

（想像なんか目じゃないな）

記憶の中の菜人より、今こうして目の前にいる菜人のほうがずっと可愛い。

昨日より今日、日々を重ねていくにつれ、この愛おしい想いは深まっていく。

今度こそ、決してなくさない。

「菜人、愛してるよ」

唇を放し、深い想いを込めた言葉を耳元で甘く囁いてやると、菜人の身体がびくびくっと震えた。

「んあっ！」

と同時に、菜人の放った熱が、互いの身体に飛び散る。

「……声だけで達ったのか？」

はじめてのことに驚いて聞くと、菜人は恥ずかしそうにぷいっと横を向いた。

荒い呼吸に合わせて激しく上下している薄い胸が愛しい。

「感じてくれて嬉しいよ」

赤く染まった耳たぶを甘噛みして囁いてから、激しい鼓動を刻む心臓の上にキスマークを落とした。

（今度こそ、やっと伝わったみたいだな）

愛している、という囁きに喜びを感じてくれたのは、それが真実だと感じ取ってくれたからに違いない。

最初にボタンをかけ違えたせいで、今まではどんなに好きだと言っても、疑いばかりが先行して菜人にはちゃんと伝わらなかった。

肌から染み込む温もりのように、自分の気持ちもじんわり菜人に染み込んで行けばいいと思っていたが、そもそもそこから間違いだったのだ。

言葉で伝えなければ決して届かないこともある。

お互いの間に、誤解という名の溝があるときには、特に……。

(――間に合ってよかった)

そんな想いに胸が熱くなった。

「菜人」

名を呼ぶと、菜人の顔が正面を向いた。

和真は、愛おしい気持ちそのままに、微笑みを浮かべて、菜人の小さな顔を覗き込む。

菜人は、そんな和真の顔にぼうっと見とれていたようだったが、「愛してるよ」と和真が告げると、ぼわっとまた真っ赤になって視線を泳がせた。

「お、俺のほうが、和真よりもっとずっと何倍も愛してるんだからな」

照れてまっすぐ和真の目を見返すこともできずにいる癖に生意気なことを言う。

「この状況で張り合う気とはな。……生意気な」

こっちはまだ一回も達っていない。

和真は、達ったばかりの菜人を気遣って動かさずにいた堅い熱を、再びゆっくりと動かし出した。

「あ、ちょっ……まだ待って……。――んっ」

ぐんっ、と一際強く突き入れると、菜人の顎が上がる。

衝撃でずり上がる小さな身体を腰を摑んで引き戻し、更にまた深く穿《うが》つ。

「あ……はっ……ああ……」

菜人はすぐに夢中になって、和真の首にしがみつき、ひっきりなしに甘い声を漏らした。

「和真……あっ……いい……」

もっと……と、甘えられる度、和真の胸は微かに疼いて甘く痛む。

(ずっと我慢してたんだろうな)

愛されているという自覚がなかったのならば、自分の側にいても、本当の意味ではずっと安らげずにいたのだろう。

いつも不安で、だからこそ一生懸命に、ただ愛してくれていたのだ。

それを思うと、可哀想なことをしたと胸が痛む。

だが同時に、そこまで愛されているのだという喜びも感じてしまう。

(今度は俺の番だ)

二度と不安になったりしないよう、甘やかして愛してやる。

「ちょっと我慢な」

「え？　あ……うあっ」

繋がったまま、上半身を起こして小さな身体を膝の上に乗せた。

「や……深い……」

自らの身体の重みの分だけ深く和真を呑み込んだ菜人が、ぶるっと気持ちよさそうに身体を震わせる。

「……あっ……あん……ああ……」

両の尻を摑んで揺さぶってやると、菜人はしなやかに背を反らして甘い声で鳴いた。

和真を包み込む菜人の内壁も、甘く収縮して締めつけてきて和真を喜ばせてくれる。

「菜人、気持ちいいか?」

「ん、いい。凄く……いい」

緩く揺さぶり続けながら、聞かずとも答えがわかっている問いを投げかけると、菜人は何度も頷いた。

「かずま……は?」

「もちろん、いいに決まってる。おまえは最高だ」

「うれし」

和真の答えに、菜人は嬉しそうに首にしがみついてくる。

ぎゅっと背中に食い込む、小さな指の感覚がたまらなく愛おしかった。

「――愛してる」

衝動に駆られるまま、細い身体をぎゅっと抱き締めて、その耳に甘い声を吹き込む。

その声にまたぶるっと身を震わせた菜人は、快感に溺《おぼ》れとろんとした目で和真を見つめると、「俺も」と頷いてふわっと微笑んだ。

「俺も好き。和真、愛してる。……もっと、もっと俺のこと愛して……」

キスで赤く腫れた唇から零れる甘く可愛い声に、今度は和真がぞくっと身を震わせる番だった。

「菜人、全部やる。俺は全部おまえのだ」

可愛い声に煽られるまま、和真は愛おしい恋人の身体に更に深く溺れていく。

この上もない幸福感に満たされながら……。

☆

ぐったりしてしまった菜人をバスルームに運んで綺麗にしてやってから、ベッドの上に並んで横たわったまま、誤解されないようゆっくりと丁寧に昔の話をした。

ちなみにトラ美は、逃げ込んだ猫ベッドの居心地が良かったようで、そのまま爆睡してしまったようだ。呑気な寝息にちょっとほっとした。

「そっか……。それで和真は鈴木先生に会いに行ったんだ」

「ああ。淳也には、向き合うべき相手が違うって怒られてきたよ」

ずっと淳也に誤解されたまま、酷く傷つけてしまっていたことも話すと、菜人は和真の胸にぺたっと顔をくっつけた。

「同じ目に遭って、恋人に抱いてもらえなくなったら、きっと俺も誤解しちゃうかも……。ちゃんと謝ってきた？」

「謝ったけど、許さないって突っぱねられたよ」

――許せば甘えが出る。だから許さない。

淳也のそんな考え方を説明すると、菜人はふうと溜め息をついた。

「強いなぁ……。俺だったら、そんなの無理だ。許しちゃったほうが楽だもん」

「楽？」

「うん、楽。許して一区切りつけちゃったほうがすっきりするし、後味もいいしさ」

「なるほど、そうかもな」

つまり淳也は、自分の為に重荷を背負ってくれたということになるわけか。

(あいつにはきっと一生頭が上がらないな)

もう会うこともないだろうが、これからずっと淳也に対して謝罪と感謝の気持ちを持ち続けることになるのだろう。

菜人の温もりを感じながら、そんなことを思った。

「和真がまたEDになったのって、鈴木先生に再会したからじゃなかったの？」

「だから違うって。きっかけはおまえだよ」

酔客に殴られた頰の傷が予想外にショックだった。

自分が知らないうちに菜人が他人から危害を加えられたことが悔しくて、守れなかった自分が情けなかった。

和真がそう打ち明けると、菜人は呆れた顔になった。

「そんなの気にすることないのに。たいした怪我じゃなかったんだからさ」

「怪我の大小は問題じゃない。俺はおまえに擦《かす》り傷ひとつつくのだって嫌なんだ」

「そんなこと言ったら、トラ美はどうすんだよ。ここと か、ここだって、遊びに夢中になったトラ美に引っ搔《か》かれて傷になってるけど？」

菜人が指や腕の瘡蓋《かさぶた》を指差して明るく笑う。

「トラ美は別腹だからいいんだ」

「別腹？　って、なにそれ？」

「おまえが好きでやってることだからそれはいいんだ。俺が嫌なのは、おまえが不意の暴力に晒《さら》されることだ。……俺がいないところで、勝手に事態が収められるのもかなり嫌だがな」

「えっと……。それって、和真も爺ちゃんと一緒に説教したかったってこと？」

「そうなるのか？」

「俺に聞くなよ。和真のことなんだからさ」

「そりゃそうだけど……。正直、自分でもよくわからないんだよ。トラ美みたいに、おまえを部屋の中に閉じこめておけないってことはわかってるし、四六時中一緒にいられないってこともわかってる。殴られたことが、おまえの中でたいした傷になってないってこともわかってるんだ。それでも、やっぱりどうしても俺は嫌なんだ」

「嫌なんだ、って……。和真ってば、だだっ子みたいだ」

えへへっと、菜人が笑う。

嬉しそうなその顔に、なんだかとてもほっとした。

「だだっ子か。確かに、俺はある意味では子供なのかもな」

希薄な人間関係の中で育ち、孤独に生きてきた。

そのせいか対人面でのスキルの持ち合わせがない。

不慮の諍《いさか》いやちょっとした心理面でのすれ違いに、どう対処していいかわからない。

和真がそう言うと、菜人は不思議そうな顔をした。

「智士さんは？　大学時代からずっと友達やってきたんだろ？」

「智士とのつき合いは、フェアじゃなかったから……」

自分に対する好意を知っていて、その上にあぐらをかいていた。

甘えてばかりの、狡《ずる》い関係だったと思う。

「都合の悪いことは聞かなかったことにしてはぐらかしていたし、智士も無理に追い打ちをかけてこなかったから、俺にとって一方的に都合のいい関係だったんだ」

「そっか……。和真ってばず～っと智士さんに甘やかされてたんだ」

確かに子供かもね～と、菜人がふざけた口調で言う。

「うるさいよ。……まあ、自覚もしたし、ぼちぼち成長するさ」

少なくとも、自分だけの気持ちに囚われて、大切な人の気持ちを見失うような真似はもうしない。

してはいけないと思う。

「俺のほうの事情はそういうわけだ。事情が事情とはいえ、ずっと不安にさせてて悪かった」

和真は、黒い癖毛を撫でながら改めて謝った。

「……和真が悪いんじゃないよ。俺が悪いんだ。だって俺、最初から和真のこと信じてなかったんだもん。きっと俺に手を出した責任を取って、恋人にしてくれただけなんだろうなって思ってた」

そのほうが楽だったから……、と、菜人が呟く。

「和真と俺とじゃ、レベルが違いすぎるだろ？　だから絶対に長続きしないって思ってた。信じて裏切られるより、最初から諦めてたほうが気が楽だって……。和真が優しいことを言ってくれても、いつも話半分で聞いてた。どうせ俺相手に本気になることなんてないんだから、信じたら馬鹿を見るって……。トラ美を連れてきたのだって、長続きさせる為の秘策のつもりだったんだ」

「なんだそれ？」

「あのときは、まさか本当に和真がEDだとは信じてなかったからさ。このままじゃ、なにか理由をつけて追い払われるんじゃないかって心配だったんだ。だから、トラ美を飼ってもらえれば、その世話にかこつけて毎日ここに通えるかなって……」

「おまえがそこまで不安に思ってたなんて気づかなかったよ」

「だって和真、俺に全然触らせてくれなかったし……」

はじめて抱いてもらった夜は、そりゃもう積極的に迫ったお蔭で、その気がなかった和真をなんとかその気にさせることができた。

そう信じていた菜人は、和真がまたあの夜が再現されるのを恐れて、触らせてくれなくなったのだろうと勘違いしていたのだと言う。

「ホント言うと、爺ちゃんが猫を飼うのに反対してたのは最初だけでさ、あの頃にはもうトラ美にメロメロになっちゃってたんだ。トラ美がいなくなって、ふてくされてたぐらい。あの猫ブログだって、本当は爺ちゃんのご機嫌を取る為にはじめたんだよ」

「そうだったのか……。ったく、俺は本当に信用がなかったんだな。最初から滅茶苦茶本気だったってのに」

「ホントに？」

「この期《ご》に及んでまだ疑うか」

心配そうな菜人の声に、和真は苦笑する。

「ほんとのほんとだ。俺はおまえに嘘をついたことはないよ。まあ、言えずにはぐらかしたことはあるが、それ以外はすべて本当の気持ちばかりだ。——信じるか？」

首を動かして菜人の顔を覗き込むと、菜人はその視線から逃げるように顔を背けた。

「……信じるように、頑張って努力する」

「頑張らないと信じられないか？」

「うん、無理。……俺、コンプレックスの塊だから」

「どうしてだ？　こんなに可愛いのに」

信じられないと和真が言うと、和真のほうが信じられないよと菜人は首まで赤くなった。

「俺なんて、こんなチビで童顔で、いつまで経っても全然男らしくならないしさ。智士さんみたいに綺麗な顔をしてるんならまだしも、こんな目ばっかりぎょろっとでっかい変な顔だしさ」

「そこが可愛いんじゃないか」

「可愛くない！　今はまだなんとか見られるかもしれないけど、十年後とか二十年後とか想像するとゾッとするよ」

「そんな先のことまで考えてるのか……。おまえも色々と大変なんだなぁ」

「うん、大変なんだ。その点、和真はいいよ。幾つになっても、絶対に格好いいだろうしさ」

「確かにな」

客観的に考えれば事実なので、とりあえず素直に頷いてみる。

「それでも、俺は自分のこの顔があんまり好きじゃないよ」

「……そっか。そうだったっけ……」

和真の家の事情を思い出したのだろう。

ごめん、と菜人が和真の胸に顔をぐりぐりと擦りつけてくる。

「うん。でもまあ、この顔のお蔭でおまえが引っかかってくれたんだ。これからは、ちょっとはマシになると思うがな」

「そっか。……じゃあ、俺も、なるべくそうなるように努力する」

「ぼちぼち頑張ってくれ」

和真が柔らかな癖毛を撫でていると、その手の平に菜人が小さく頷く動きが伝わってきた。

(これで一段落かな)

気まずくなって仲直りという経験ははじめてだ。

家族とは気まずくなってもそのまま放置していたし、智士相手のときは向こうが妥協してくれていたから……。

「智士にも謝らないとな」

「なにを謝るの?」

「一方的に甘えてばかりだったから」

完全にひとりになるのが寂しかったから、その気持ちに応えることもしないまま、ただ側に置いていた。

「智士のことを思えば、あいつが自分で見切りをつける前に、こっちから引導を渡すべきだったんだ。そうしていたら、大学の四年間を無駄にしたなんて言わせずに済んだのに……」

和真がそう言うと、菜人がハッとしたように顔を上げて顔を覗き込んできた。

「それ、絶対に言っちゃ駄目だ」

「なんでだ?」

「智士さんは、和真が狡いことをしてるってちゃんとわかってたはずだから……」

それでも智士が和真の側にずっといたのは、智士自身がそうすることを望んでいたからだろうと、菜人は言った。

片思いでもいいから、ただ側にいたい。

そう願った結果がこの現状だと、自分でよく理解しているからこそ、大学の四年間を無駄にしたと明るく笑えているんだろうと……。

「それなのに、今になって和真に昔のことを謝られたりしたら、智士さんが今まで我慢してきた辛さや苦しさが全部無駄になっちゃうよ」

「その辛さや苦しさに対して謝りたいと思ってるんだが……。それじゃ駄目なのか？」

「うん……。だって、辛いのも苦しいのも、自分で選んだ結果なんだもん。智士さんは、自分で選択した道に自分で踏ん切りをつけて、ちゃんと落とし前もつけちゃってるみたいだし、今になって和真が謝るのは余計なんじゃないかな。……俺だったら、そっとしておいて欲しいかも……」

以前、菜人は、恋愛に発展する前の恋はひとりでするものだと言っていた。

となると、自分が謝ってしまっては、智士が恋していた四年間を否定することになってしまうのかもしれない。

「そうか……。おまえがそう言うなら、そうなのかもな」

和真にはまだよくわからなかったが、この手のことは菜人のほうが間違いなく長けている。

素直に頷く和真を見て、菜人はなんだか急に複雑そうな顔になった。

「俺ってさ、ちょっと……小賢《こざか》しいよな」

「は？」

「凄く疑い深いしさ。……こんな、腹の中でぐるぐる余計なことばっかり考えてるような奴、気持ち悪くならない？」

「ならないよ」

和真はきっぱり否定する。

「俺は考えが足りないほうだから、プラマイゼロでちょうどいいしな。――ただ……」

「ただ、なに？」

「ぐるぐる考えすぎて、ひとりで悲しくなったりしないでくれ。俺は絶対におまえにだけは嘘をつかないから、だから不安になったらなんでもはっきり聞いてくれ」

「……わかった。そうする」

珍しく生真面目《きまじめ》な顔で、菜人が頷く。

キリッとした顔も、これまた少年みたいで、無茶苦茶可愛い。

ぽやっとした寝ぼけ顔も可愛いし、さっきの怒った顔だってそりゃもうたまらなかった。

笑顔はもちろん、泣き顔だって可愛い。

（まあ、どんな表情してても可愛いんだけどな）

和真が思ったままにそう口にすると、「だから、そういうこと言うのやめてよ～」と、菜人は和真の胸に突っ伏した。

「なんでだ？　口から出任せのホストのサービストークじゃないぞ。俺は本心から言ってるんだ」

「なお悪いよ。俺、そういうの弱いんだってば」

「誉《ほ》められるのが嫌なのか？」

だが、店での働きぶりを誉めたり、料理を誉めたりするときは素直に喜んでくれているのだが……。

「ああ、そうか。容姿を誉められるのが苦手なのか」

自分の容姿にコンプレックスがあるとか言ってたから、そのせいで素直に受けとめることができず、かといって嬉しい気持ちもあったりで、必要以上に照れてしまうのかもしれない。

「俺の目には、おまえが本当に有り得ないぐらい可愛く見えてるんだから、いい加減諦めて馴れろよ」

この目に映る菜人が可愛いのは事実で、そう思う度に、この口から想いが零れ出るのは必至だ。

早めに馴れておいてもらわないことには、菜人の精神衛生上よろしくないだろう。

「そんなこと言ったって……。和真、目と脳の回線、どっかおかしくなってるんじゃないの？」

「そうかもな。だが、それだって、元はと言えばおまえが俺の目を引くぐらい可愛いのが悪いんだ。おまえに恋をしなきゃ、こんなことにはならなかったんだから」

「や～め～て～」

菜人は和真の胸に顔を突っ伏したまま、バタバタと足をばたつかせる。

耳からうなじにかけてが真っ赤っかになっていて、それもまた可愛い。

「照れるさまも可愛いんだけどな。――あのな、菜人」

「……なんだよ」

「十年後どころか、五十年後でも、俺はおまえを可愛いと思える自信があるよ」

だめ押しとばかりにそう告げると、うぎゃーっと変な声が聞こえてきて菜人がぴたっと動きを止めてしまった。

どうやら、今のでライフがゼロになったようだ。

「おやすみ。明日までに復活しろよ」

明かりを消し、寒くないよう毛布を肩までしっかりかけてやると、「うん、おやすみなさい」と小さな声が聞こえる。

(あったかいな)

胸にかかる菜人の息がほんのり温かくて、心地いい。

いつの間にか足音を忍ばせて近づいて来ていたトラ美が、ぽんっとベッドの上に飛び乗ってきて、ふたりの足元のあたりでのんびりと毛繕いをはじめる。

(こいつ、なんとなく感じ取ってるのかもな)

さっきの諍いは完全に終わり、ふたりの間に穏やかな時間が流れはじめたことを……。

だから安心して、側に戻って来てくれたのかもしれない。

照れまくったせいか少し汗ばんでいる艶々の癖毛を撫でながら、和真は幸せを感じていた。

# 7

「トラ美を連れて帰るぅ⁉」

菜人は最初、和真の家に入り浸る手段としてトラ美を連れてきた。

そんな姑息《こそく》な真似をしなくてもいいとやっと納得してくれたと思ったら、今度は、それならトラ美を実家に連れ帰ろうかと言いだしたのだ。

どうやら、自分がごり押しした結果、和真がしかたなくトラ美を飼っていると思い込んでいるらしい。

酷い勘違いだ。

「うん。爺ちゃんもまだトラ美に未練あるみたいだしさ」

「勘弁してくれよ。最近、やっと上手に遊んでやるコツを覚えたのに」

「じゃあ、このまま飼う？」

「当たり前だろう。トラ美はもう家の子だ」

「そっか。——よかったな。トラ美。ここにいてもいいって」

菜人は、抱っこしていたトラ美の艶々の頭を撫でる。

トラ美は甘えた声で鳴きながら、その手にすりっと自分の頭を擦りつけた。

ちなみにトラ美は、未《いま》だかつて一度も和真の膝の上に乗ったことがない。

遊びに夢中になって暴走機関車のように駆け抜けて行ったことならあるのだが……。

抱き上げようと手を伸ばせば噛みつくし、油断すると背後から足に飛びかかられて猫キックされる。

さすがにたまらなくなって、飛びかかられる寸前に振り向いて、があっと大きな声で脅かしてみたのだが、これがトラ美には思いがけず大ヒットだったらしい。

それ以来、やたら浮き浮きとした様子で、以前にも増して飛びかかってくるようになってしまっている。

どうやら、この遊びがたいそう気に入ったらしい。

(それでも可愛いんだからしょうがない)

生きた玩具か、倒すべき敵か。

飼い主認定はしてもらっていないようだが、トラ美がここでの暮らしを気に入ってくれているのは確かだ。

それになにより、トラ美と菜人が楽しげに遊んでいる可愛い姿を見るのが、最近の和真の一番の癒しにもなっている。

セットで可愛いのだから、トラ美にもいてもらわないことには困るのだ。

和真が自分に恋をしていないのではないかという、とんでもない誤解が解けたことで、菜人は以前よりも正直になった。

「俺さ、実は、パンはデニッシュ系とかの甘くてバターの香りがするやつのが好きなんだ」

和真が作る堅めのパンは、ブルーチーズを乗せるより、ハチミツやピーナッツバターを塗ったほうが美味しく感じるのだと素直に白状した。

「だと思ったよ」

以前見たアヒル口を思い出して、和真は苦笑する。

「それなら、これからはデニッシュ系を練習してみるか？　自分が好きなものを作ったほうが上達も早いだろう」

「和真、ドイツパン以外も作れるんだ」

「当然。まあ、基本がわかる程度だがな」

そんなこんなで最近の菜人は、せっせとデニッシュ系のパンを焼いては、食べきれない分を学校の友達や家族に配っている。

「上手に焼けるようになったら、おおくぼ亭にも出せるかも」

浮き浮きとそんなことを語る菜人に、「それは駄目だ」と和真が釘を刺す。

「俺が教えられるのは、素人に毛が生えた程度の焼き方だ。お客さんに出せるパンを焼きたいんなら、デニッシュ系が得意なパン職人に改めて弟子入りしなおしたほうがいい」

知人の職人に紹介できるぞと言うと、菜人は真面目に考えだした。

「……もしさ……もし俺がプロのパン職人になれたら、俺のパンもこの店に置いてくれる？」

「ああ、置いてやってもいいぞ。ただし、俺が認めるパンを焼けたらな」

「俺、頑張る！」

専門学校を卒業したら本格的に修業すると、菜人はすっかりやる気になっている。

（だったら、俺も頑張らないとな）

デニッシュ系も並べるとなると、この店では販売面積があまりにも狭すぎる。

だから新しい店舗が必要だ。

そうなると、今まで通りのんびりとしたペースで仕事をしてはいられない。

人を雇って焼き回数や量を増やして営業時間も延ばし、パンを卸す料理店を更に開拓したりと、それなりに営業努力も必要になってくるだろう。

（忙しくなるな）

今までは自分ひとりがただ生きていく為だけにパン屋をやっていた。

だが、これからはふたり分の夢をかなえる為に頑張ってみようと思う。

可愛い恋人を手に入れたことで、思いがけず和真は、人生の生き甲斐というやつも手に入れてしまったようだ。

安定した生活も捨てがたいが、きっと変化を受け入れたほうがこの先に得る喜びも多いはず。

和真は、そう確信している。

☆

「和真、来たよー」

いつものように、菜人がブロートに元気に飛び込んでくる。

「おお、今日は早かったな」

「うん、実習が早めに終わったから、講師が授業時間をおまけしてくれた。——それ、どこに送るの？」

今日焼き上げたばかりのパンを梱包《こんぽう》した箱を、和真はガムテープで閉じた。

「これは俺の実家に送るんだ」

今まで、自分のほうから家族に手を差し伸べたことはなかった。

父親が金をくれたときも、兄が開店祝いの電話をくれたときも、母が和真の大好物だったパンを毎週焼いてくれていたときにも、一度として礼を言ったことがない。

そこに、彼らなりの好意があることを認めることができなかったからだ。

でも今は、ほんの少しだけ、もしかしたらという気持ちがこの胸の中にある。

だから今度は、自分から手を差し伸べてみようと思うのだ。

（……勘違いかもしれないけどな）

家族が自分を心配してくれているのかもしれないなどと思うのは……。

だから、この贈り物になんの反応も返って来なくてもがっかりはしない。

すべてを振り切って、ひとりで生きる道を自ら選んできた自分には、がっかりする資格もないだろうと思うから……。

「え、マジ？　だったら、俺の焼いたパンも一緒に入れたかったたな。それさ、明日もう一回梱包しなおすのって駄目？」

「駄目」

和真は間髪入れずに却下する。

「これは、この店の名前で送るんだ。素人の焼いたパンを一緒に入れたんじゃ、この店の名前に傷がつく」

珍しく強く拒絶した和真にショックを受けたのか、菜人は驚いたように目をまん丸に見開き、ぴたっとフリーズしてしまった。

（っと、やばっ。言いすぎたか）

そんな菜人を見て、きつく怒られたと勘違いしたのかもしれないと和真は不安になったのだが……。

「和真、格好いい！」

勝手にひとりで解凍した菜人は、目をきらきらさせて頬を染めた。

「俺さ、和真のそういうとこ大好き！　プロの職人のプライドって、やっぱりいいよな。そうでなきゃ！」

惚れなおすなぁと歌うように言って、意味もなくその場でくるっと回る。

「俺も頑張るから」

「頑張る？」

「頑張って、和真と肩を並べられるパン職人になる！」

「そうか。……頑張れよ」

「うん！」

絶対に追いつくから待ってて、と元気よく言いながら、菜人が着替えの為に控え室に消えていく。

「待ってろねぇ」

パン職人としてはずっと先を行っているかもしれないが、人間としては、自分より菜人のほうがずっと先を行っているような気がする。

「俺も頑張って追いつかないとな」

気づかぬうちに大切な人を傷つけて泣かせたりしないよう。

そして、二度と失わないように……。

「さて、張り切って働くか」

和真は、焼き加減を見るべく厨房に入って窯《かま》を覗《のぞ》いた。

ふと顔を上げて店を見ると、いつもと同じスタイルの菜人が入り口のドアを開けて、待っていてくれた常連客を迎え入れていた。

「いらっしゃいませ！　いつもありがとうございます」

一際明るい声に、和真の口元も自然にほころぶ。

季節が変わっても、毎日変わらぬ味のパンを焼き上げるよう、和真は日々努力している。

同じように、この幸せをなくさないよう努力していこう。

昨日今日、そして明日。

ふたりで積み重ねて行くこの日々を、心から愛おしいと思った。

# あいしすぎてこまる

——菜《さい》ちゃん、ヘルプ！

姉からそんなメールが届いたのは、菜人《さいと》が学校でお手製の弁当を食べている最中だった。

おおくぼ亭の古参の従業員である接客担当の五十代のおばさんが、またしてもぎっくり腰になってしまったのだそうだ。

前回、彼女がぎっくり腰になったときに新しく増やしたパートさん達の都合がどうしてもつかないとかで、今日だけバイトを休んで店の手伝いをしてくれと姉は言う。

（やだなぁ）

菜人はとりあえず、自分自身のバイト先の雇い主であり、恋人でもある和真《かずま》の携帯に電話をかけて事情を話した。

「そういうことならしょうがない。実家を助けてやれ」

和真は気前よく休みをくれたが、菜人的にはもの凄《すご》く休みたくない。

ぶっちゃけて言ってしまうと、和真の側にいたいのだ。

和真とつき合いはじめたばかりの頃は、うっかり手を出した責任上、義理で恋愛しようと努力してくれているだけで、和真が自分程度の相手に本気で恋してくれているだなんて思ってもみなかった。

だが今ではそれが、自分の卑屈さ故の勘違いだってことを知っている。

両思いだと実感できるようになって半月、今が一番楽しくて幸せなのだ。

一日だって離れていたくないぐらいなのに……。

(ぎっくり腰は癖になりやすいって言うから、ちゃんと毎晩風呂上がりにはストレッチしろって、あれだけ言っておいたのに……)

菜人がバイトに行けないと、その分だけ和真に負担がかかる。

和真はひとりでも大丈夫だと言うけれど、そんなのは嘘だ。

ひとりで慌ただしく来客の対応をしているせいで、窯《かま》に入った最後のパンの焼き加減を失敗してしまうことがあるのだから……。

せいぜい一、二分ぐらい焼き加減が違う程度の話らしいのだが、和真は自分が納得しないパンを店には決して出さないから、その分だけ損失になってしまうし、焼き上がりを待って訪れたお客さん達にもがっかりさせてしまう。

以前から何度かそんなことがあって、これならバイトを雇ったほうがよかろうということで、菜人がバイトとして雇われることになったのだ。

(今日の焼き上がりは失敗しませんように……)

菜人は後ろ髪引かれる思いで、学校が終わった後でしかたなく直接実家に帰った。

帰ってすぐ、店の制服に着替えて厨房《ちゅうぼう》に向かう。

「おう、菜人くん、悪いな」

菜人の姿を認めて、姉の夫である健介《けんすけ》が気さくに声をかけてきた。

「別にいいけど……。希美《のぞみ》さん、大丈夫なの？」

「あれはまた長引きそうだな。息子夫婦が迎えにくるまで奥で寝てるってさ」

「あらら。大変だ」

「ま、明日からはパートさん達も来れるみたいだし、今日だけ頼むよ」

「了解」

頷《うなず》いてから、とりあえず念入りに手を洗う。

厨房の中には、義兄《あに》の他に、菜人の父と母、そしてふたりの見習い料理人がいる。

接客のほうは、ぎっくり腰になった件《くだん》のおばさんと菜人の姉がメインでやっており、後はパートさん達がシフトを組んで交代でやってくれている状態だ。

祖父はビーフシチューなど名物料理の味のチェックだけで、それ以外の仕事からはもう完全に手を引いており、普段は祖母と一緒に住居部分のほうで姉夫婦のふたりの子供の面倒に明け暮れている。

基本的に休みは年末年始のみ、だから菜人は普通のサラリーマン家庭の子供とはまったく違う環境で育った。

夕食時に家族一緒に食卓を囲むことなどないし、長期休暇でどこかに旅行に行ったこともない。両親に相談事があっても、野菜の下ごしらえを手伝わされながらの片手間でしか聞いてもらえなかった。

それでも家族仲は良好だし、過度に反抗したこともない。

お客さんに美味《おい》しいものを食べてもらいたいという信念を持ち、プロ意識を持って真剣に仕事をしている家族の姿を間近で見て、尊敬しているからだと思う。

(俺って、やっぱり職人気質な人に弱いんだよな)

和真を本格的に好きになったのも、彼が研究熱心で誠実なパン職人だったからだ。

一目惚《ぼ》れしたあの綺麗《きれい》な外見だけだったら、ここまで惚れ込むことはなかっただろうと菜人は確信している。

「菜人くん、ビーフシチューとオムライスのセット。A5テーブルね」

「了解」

(最初に意識したのは、この人だったし……)

義兄の声に応《こた》えて、カウンターに乗せられた料理をトレイに移動させながら、かつての恋未満の淡い想いを懐かしく思い出す。

ひょろりと細身で背が高く、お人好《よ》しっぽい穏やかな顔立ちの義兄は、おおくぼ亭のオムライスに感動したと言って、高校卒業と同時に住み込みで父の元に弟子入りしてきた人だ。

弟子入りしたからと言ってすぐに卵を焼かせてもらえるわけもなく、ただ黙々と料理の下ごしらえと洗い物ばかりをやらされながら、やさぐれることなく真面目《まじめ》に働いていた彼の姿を覚えている。

あいつはなかなか見所があるなと祖父が言いだした頃には、当時中学生だった菜人は彼に対して淡い想いを抱《いだ》きはじめていた。

どうやら自分がゲイらしいということは、その頃すでに自覚していた。

自分の恋が世間一般的に見ると稀で、簡単には受け入れられないのだということも……。

だから彼に対して抱いた淡い想いを、素直に恋だと認めることができなかった。

それに、ひとつ屋根の下で暮らす人を好きになるのはまずいとも思った。

職場と住居を家族皆で共有しているだけに、ちょっとでも変な態度を取ったら、家族みんなに知られる危険があるからだ。

認められないまま一年が経《た》ち、ふと気づいたときには、彼は姉とつき合いはじめていて、両親公認の恋人同士になっていた。

（そりゃそうだよな）

同じ道を志す年の近い男女が、同じ屋根の下で暮らしていたらこうなる確率は高い。

少なくとも、男同士が恋に落ちる確率に比べれば天と地の差だ。

恋になることもなく空中分解した淡い想いを、最後まで恋だと認めてはいなかったから、失恋したわけではない。

それでも菜人は、仲のいい姉夫婦の姿を見る度に、胸の奥にもやもやとした重苦しい気分を感じていた。

自分はこれから、いったい何度こういう思いをするんだろうと辛《つら》くもなった。

だから、とりあえず家を出て独立しようと思ったのだ。

その為の準備資金を貯めようと思い立って向かったバイトの面接で、和真に出会った。

まさに一目惚れだった。

ずば抜けた長身に、ケチのつけようのない綺麗な男前の顔。

完全無欠のイケメン相手に、出会い頭で惚れてしまった自分のことを、ひとりになってからバカだなぁとしみじみ思ったりもしたものだ。

あんな綺麗な顔の人に惚れたところで、未来どころか、いいことなんてひとつもない。

世の女達が絶対に放ってはおかないだろうし、本人だって女達からちやほやされるのに馴《な》れていて、もしかしたら世渡りに利用することもあるかもしれない。下手《へた》をすると、女といちゃつくとか、そんな見たくもないシーンを見せられることにもなりかねないと……。

でもだからこそ、すぐに失望して、この気持ちも冷めると思ったのだ。

それなのに、和真はちゃらんぽらんなところはないし、あの綺麗な顔を商売に使おうという気もないようだった。

しかも、パン職人としての拘《こだわ》りはたいしたもので、妥協を許さないその姿勢が祖父や父のそれに重なって、好感度は増すばかり。

このままではまずいと焦り、巡り会いを求めてはじめて訪れたゲイバー。

そこに和真の姿を見つけたときは本当にびっくりした。

いいなと思っていた相手もゲイだなんて、こんな素晴らしい偶然がそうそうあるわけない。

こんな凄いチャンスを逃したら自分は一生まともに恋もできないままだと、一念発起した菜人は、そりゃもう勇気を振り絞って和真に自分の想いを打ち明けた。

想いを受け入れられることはなくても、初体験ぐらいは好きな人と経験してみたいと思ったから、我流の色仕掛けで迫りまくったりもした。

首尾よくことが運んだときは、もう天にも昇る嬉《うれ》しさだった。

しかも、恋愛に対して真面目な和真は、菜人に手を出した責任を取って——と、菜人は思っていた——自分と恋愛してくれるという。

このとき菜人は、和真から恋人になれるチャンスをもらえたのだと思ったのだ。

チビでガリで顔は十人並み、そんな自分が他人より誇れるのは、子供の頃から家族みんなに仕込まれてきた料理の腕だ。

だから、まず胃袋からがっちり摑《つか》まなきゃと、そりゃもうもの凄く頑張った。

その甲斐《かい》あって、和真は菜人が作る料理を毎回喜んで食べてくれて、凄いな、美味《うま》いよと誉《ほ》めてくれた。

いつも本当に優しくしてくれて、ベッドの中ではまるで宝物のように扱ってもくれた。

毎日が、本当に夢みたいで幸せだった。

ゲイである自分がまともな恋愛ができるとは思ってなかったから、こんな幸せな気分を味わわせてくれた和真にはいつも本当に感謝していた。

だから、かつての恋人と再会した和真の様子が少しずつおかしくなっていったときも、諦《あきら》めてあげなきゃと思っていたのだ。

夢のように幸せな体験をさせてもらっただけで、もう充分。

そもそも、自分なんかとは釣り合わない人だったんだから、和真がかつての恋人とよりを戻したいと言いだしたら、素直に認めて、ちゃんと諦めてあげようと……。

それなのに、その瞬間が来たと悟った瞬間、自分の口から溢《あふ》れ出たのはそれとは真逆の言葉だった。

——やっぱり嫌だっ‼ 絶対、絶対、絶対、別れてなんかやらないんだからな‼

泣き叫ぶ自分の声に、菜人自身びっくりした。

自分の中に、こんなに激しい感情が眠っていたことにも……。

（だって、やっぱりどうしても諦めきれなかったし……）

和真を大好きだという気持ちで胸が一杯になって、それ以外のことはどこかに行ってしまっていた。

大好きな人の幸せを願って自分は身を引くべきだという思いさえ、きれいさっぱり吹っ飛んだ。

(俺って、まだまだガキなんだな)

自分の心ひとつ上手にコントロールできないのだから……。

でも、大暴れしたお蔭《かげ》で、お互いに色々勘違いしていることがわかって、今では本当の恋人同士になれている。

夢みたいな幸せは、菜人の現実になったのだ。

(あの頃の義兄さんへの想いは、やっぱり恋じゃなかったんだ)

今になって、そう思う。

たぶん、あれは憧《あこが》れに分類されるべき感情だった。

自分の中に目覚めた想いを直視することなく放置したままだったから、勘違いしてしまったのだ。

だって、義兄のときは感情的になることもなく簡単に諦めることができたのだから……。

そう思えるようになってから、仲睦《むつ》まじい姉夫婦を見ていても、胸の奥にもやもやとした重苦しい気持ちが湧《わ》き上がってくることはなくなった。

なんの緊張感もなく家族と会話できるようになったことに、菜人はとてもほっとしている。

「お待たせしました」

開店当時の昭和レトロな雰囲気そのままの店内を横切って、注文の品をテーブルに運ぶ。

「注文の品は以上でお揃《そろ》いでしょうか？」

いつものようにお客さんににこっと微笑《ほほえ》みかけた菜人は、見覚えのある顔にびっくりした。

（す、鈴木《すずき》先生だ）

義兄は小説家である鈴木淳也《じゅんや》の大ファンではあるものの、客として来店してくれた人に対して、ファンですとかサインくださいとか言ってわずらわせるようなことはできないと、その来店に気づいても接触するような無粋な真似はしない。

もちろんフロア担当の姉も同様で、特別扱いして逆に気を遣わせたりしないようにしているので、ここに来るまで気づかなかったのだ。

（……俺のこと、気づくかな）

和真と違って、菜人は背が低いこと以外さして目立つところのない存在だ。

ほんのちょっと立ち話した程度だし、気づかないいんじゃないかなと思っていると、「あれ、君は……」と、淳也にあっさり気づかれてしまった。

「こ、こんばんは」

菜人は、内心かなり焦りながらもぺこっと頭を下げる。

「ああ、やっぱりそうだ。ここでバイトしてるの？」

「あ、いえ。ここ、実家なんで……」

へえ、そうなんだと、淳也がおっとりと微笑む。

（この人も、やっぱり綺麗だ）

和真の友人である智士ほど派手な顔立ちではないが、地味に整った品のある顔立ちだ。

（俺も、もうちょっと大人《おとな》びた顔立ちだったらよかったのに……）

むくむくと容姿に対するコンプレックスが胸に湧き上がってきて、菜人は慌ててそんな気持ちを押しとどめた。

落ち込むより先に、この人に言っておきたいことがあったから……。

「あの……先日は、お世話になりました。ありがとうございます」

誰がなんのことで世話になったのか、具体的なことは言わずにお礼だけ言った。

この人が和真の悩みを綺麗に解きほぐしてくれたお蔭で、いま自分達は身も心もラブラブで幸せな生活を享受《きょうじゅ》できているのだから、いつかどこかで会えたら感謝の言葉を伝えようと思っていた。

曖昧《あいまい》な言葉だけでも充分伝わったようで、淳也は小さく頷いた。

「よかった。……安心したよ」

「あれ？　もしかして、この子が？」

どうやらあの夜待ち合わせをしていた相手と同一人物らしい向かいのテーブルの人に聞かれて、淳也が頷く。

「そうか。確認できてよかったな」

「うん」

ふたりは、目と目で語り合うように見つめ合い微笑み合った。

「ごゆっくりどうぞ」

これ以上ここに留《とど》まるのは無粋だと、菜人はお辞儀をして厨房に戻る。

(あれって、絶対そうだよな)

和真から、淳也には新しいパートナーがいるのだと聞いているが、きっとあの人がそうなのだろう。

お似合いだし、ふたりとも大人で素敵な組み合わせだと思う。

(俺たちも、あんな風になりたいな)

言葉少なに目と目で語り合い、微笑み合う彼らの関係に、菜人はちょっと憧れた。

が、自分と和真とでは、あれはちょっと難しいだろうなとも思う。

なにしろ、和真は菜人が誤解していることにも気づかないまま、ふたりがすでにラブラブの恋人同士になっていると勘違いし続けていたのだし、菜人のほうは、そんな和真が与えてくれる愛情を、お試し期間中のサービスだと思い込んでいたのだ。

見事すぎるすれ違いっぷりだ。

(ってか、俺が卑屈なのが悪いんだ)

コンプレックスの塊で、細かいことを腹の中でいつまでもぐるぐると考え続けてしまうのは菜人の悪い癖だ。

コンプレックス故の卑屈な考えが、腹の中でぐるぐるしているうちに、いつの間にか自分の中で、それが揺るがない真実になってしまうこともよくある。

和真はいつもちゃんと愛情を示してくれていたのに、自分程度の相手に本気になるわけがないと思い込んでいたのも、そのせいだ。

目と目でわかり合った気になったところで、実はお互いに違うことを考えているなんてことになりそうな嫌な予感がした。

(俺、もっと修業しよう)

卑屈な考えになってしまうのは、自分に自信がないから。

ならば、自信をつける為に努力する以外に道はない。

とはいえ、産まれながらの外見は変えられない。

だからこそ、他のことで頑張るしかない。

(料理の腕ももっと上げて、パン職人の修業も真面目にやろう)

そして、なにより、自分は愛されているのだと信じられる心の強さを持とう。

愛してくれる和真の想いを無駄にしない為にも……。

（まずはできることから、コツコツとやらないと）

新たな目標を胸に掲げた菜人は、ちゃんと実家の手伝いを頑張ってきたと胸を張って和真に報告できるよう、くるくると真面目に働き出した。

あとがき

こんにちは。もしくは、はじめまして。黒崎あつしでございます。

この猛暑にすっかりやられて、ビールが美味い今日この頃。

このままビールを飲み続けていたら、お腹周りがとんでもないことになりそうなので、秋の訪れが本当に待ち遠しいです。

秋は秋で美味しい食べ物が沢山出回るので、やはり危険なのですが……。


さてさて、今回のお話のテーマは、ずばりＥＤ。

主人公は、長年ＥＤに悩まされ、恋愛から手を引かざるを得ない状況に陥っている青年です。

その彼が久しぶりの恋に戸惑い、のめり込んでいく様を書いてみました。

攻視点のお話を書くのはけっこう久しぶりだったので、なかなか新鮮で楽しかったです。

少しでも皆さまに気に入っていただければ幸いです。

イラストを引き受けてくださった夏珂先生に、心からの感謝を。丹念に描かれたラフが届く度、主人公の格好良さにニヤニヤさせてもらいました。丁寧な仕事に頭の下がる思いです。

いつも励ましてくれる担当さん、毎度お世話になってます。

この本を手に取ってくださった皆さまにも感謝を。

読んでくれてどうもありがとうございます。とても嬉しいです。

皆さまが、少しでも楽しいひとときを過ごされますように。

またお目にかかれる日がくることを祈りつつ……。

二〇一二年八月

黒崎あつし

✦初出　かわいすぎてこまる……………書き下ろし
あいしすぎてこまる……………書き下ろし

黒崎あつし先生、夏珂先生へのお便り、本作品に関するご意見、ご感想などは
〒151-0051 東京都渋谷区千駄ヶ谷 4-9-7
幻冬舎コミックス　ルチル文庫「かわいすぎてこまる」係まで。

幻冬舎ルチル文庫

かわいすぎてこまる

2012年9月20日　第1刷発行

✦著者　黒崎あつし　くろさき あつし

✦発行人　伊藤嘉彦

✦発行元　株式会社 幻冬舎コミックス
〒151-0051 東京都渋谷区千駄ヶ谷 4-9-7
電話 03(5411)6432[編集]

✦発売元　株式会社 幻冬舎
〒151-0051 東京都渋谷区千駄ヶ谷 4-9-7
電話 03(5411)6222[営業]
振替 00120-8-767643

✦印刷・製本所　中央精版印刷株式会社

✦検印廃止


ISBN978-4-344-82619-9　C0193　Printed in Japan